AF221822

Esperanza
Stadt der Hoffnung

Annegret Bodemer

Esperanza
Stadt der Hoffnung

Eine Erzählung über Erkenntnis, Freiheit und das
ewige Leben

Die Deutsche Nationalbibliothek verzeichnet diese Publikation in der Deutschen Nationalbibliografie; detaillierte bibliografische Daten sind im Internet über http://dnb.de abrufbar
Copyright Annegret Bodemer
Herstellung und Verlag: BoD - Books on Demand, Norderstedt
ISBN: 9783755771012

Je mehr ich über die Schöpfung, ihre Prinzipien und Ordnung lerne, desto eher kann ich den Sinn und Zweck meines irdischen Lebens erkennen. Dafür bedanke ich mich bei meiner Mutter, die mir dieses Leben schenkte sowie bei meinen Kindern, die es wertvoll machen. Mein besonderer Dank geht an alle sichtbaren und unsichtbaren Freunde, die helfen meine Erkenntnisse in Handlung umzusetzen.

Mein Dank geht auch an die Leser, die sich auf den Inhalt fokussieren und weniger auf das Format und die Formalitäten. Ärgerliche Tippfehler werden trotz akribischer und mehrmaliger Kontrolle eventuell zu finden sein. Meine Bitte, scheuen Sie sich nicht mich darauf hinzuweisen und mir eine Nachricht zu schicken, mit Angabe der Seite und Wort an:
boderanne@gmail.com

Inhaltsverzeichnis

TEIL I

Einleitung

Die Vorbereitung für dieses Vorhaben hat mich viel Mühe gekostet. Ich musste lernen, meine Vergangenheit zu akzeptieren, mich in eine neue Lebensform und in eine neue Realitätswelt zu integrieren um schließlich den Spagat zwischen den Welten zu beherrschen.

Mein Ansinnen, meinen Nachkommen die Eindrucke und Erlebnisse aus der neuen Welt zu vermitteln, ließ mir keine Ruhe und gewann stetig an Priorität. Um diesen Schritt einzuleiten, durchwanderte ich einen steinigen Entwicklungsweg voller Hürden.

Ängste erschweren unsere Existenz, egal auf welcher Ebene wir sie spüren. Sie begleiten uns nach der Entkoppelung von Leib und Seele und verfügen über einen langhaltigen Einfluss, bis wir sie vollständig ausgestanden und den Grund ihrer Belastung erkannt haben. Eines ist jedoch sicher: jeder bekommt die Gnade belastende Disharmonien aus dem Leben auszuräumen und zu verzeihen.

Die Möglichkeit dieser Erzählung wurde mir gewährt, als Teil meines Lernens und meiner Wesensvervollkommnung, völlig unabhängig von ihrer Wirkung nach außen. Es ist eine Erzählung, die mir gestattet meiner Familie und allen, die es wollen, einen winzigen Einblick in meiner neuen Realitätswelt zu gewähren.

Wir Menschen wandern ständig zwischen Realitätswelten. Besonders wenn wir träumen, sehen wir Bilder aus wunderschönen Gefilden und begeben uns in atemberaubenden Abenteuern und Welten. Doch nach jedem Tagesanbruch erblassen die Erlebnissen und Gedanken, wie eine Silhouette im Nebel.

Günther

11

Das Aufwachen

Die Augen wollten sich nicht öffnen. Meine Augenlider fühlten sich an, als wären sie aus Blei. Ich strengte mich an, aber sie fielen immer wieder zu. Sicherlich kennst du auch dieses Gefühl, wenn ein grelles Licht dich blendet oder wenn du wach wirst, aber die Augen sich nicht öffnen lassen. So war es an diesem Tag. Ich war wach, die Augen wollten aber nicht.

Jemand kam zu mir und beruhigte mich. Ich hörte die Stimme sagen:

„Entspanne dich. Es wird schon. Ich versuche das Zimmer zu verdunkeln, damit dir das Erwachen leichter fällt." Ich merkte, wie sie sich von mir abwandte.

Ein seltsames Gefühl der Geborgenheit umgab mich. Die Gestalt, die ich erst nur als Stimme wahrnahm, kam zurück und ermunterte mich zu versuchen meine Augen zu öffnen.

Langsam spürte ich meine Augenlider sich bewegen. Sie öffneten mühsam. Verschwommen nahm

13

ich wahr, dass sich andere Menschen im Raum aufhielten. Einige Umrisse bewegten sich, andere wiederrum blieben vor mir stehen.

„Lass dir Zeit", wiederholte die Stimme an meiner Seite. „Wir freuen uns, dass es dir gut geht. Ich versichere dir, keiner ist im Schlaf geblieben."

Er oder sie richtete mich auf, so dass ich halbwegs im Bett saß, und erklärte, dass das Erwachen immer eine kleine Hürde ist, die überwunden werden muss Die Person gab mir zu trinken und ermutigte mich, endlich die Augen zu öffnen. Fürsorglich drehte sie meinen Kopf etwas zur Seite, damit das Licht nicht direkt in die Augen schien.

Im Bett aufgesetzt, ließ ich meinen Kopf auf die Brust fallen und versuchte auf die Bettdecke zu schauen. Es war tatsächlich einfacher. Meine Augen ließen sich immer leichter öffnen. Auch wenn es mich viel Kraft kostete, konnte ich das weiße Tuch, das meinen erschöpften Körper bedeckte, erkennen; erst danach die Gitter am Bett. Schließlich wanderte mein Blick zu meinen Füßen, die sich unter dem Lacken abzeichneten. Langsam nahm ich den an meinem Fußende stehenden Fremden wahr, der sich gerade verabschiedete.

Mühsam, drehte ich meinen Kopf zur Seite und sah direkt in zwei leuchtenden Augen. Die junge Frau trug ein langes, luftiges Gewand, das bei jeder Bewegung flatterte und seine Farbe, je nach Lichteinfall, veränderte.

14

„So etwas hatte ich nie zuvor gesehen", dachte ich, doch mein Kopf war schwer und schmerzte bei jedem Gedanken.

„Geht es jetzt besser?", fragte die junge Frau. „Ich sehe, du hast es geschafft die Augen komplett zu öffnen", fügte sie sanft und fürsorglich hinzu.

„Wo bin ich?"

„In der Aufwachstation" sagte sie und nahm ein kleines Gefäß vom Beistelltisch.

„Ich werde dir diese Salbe auftragen. Dadurch wird das Sehen mit der Zeit schärfer. Auch die Schmerzen lassen nach."

Ich wollte gerade fragen, wie lange ich in diesem Krankenhaus bleiben müsste, als die junge Frau erwiderte:

„Die Dauer der Regeneration ist individuell. Jeder reagiert anders. Hauptsache ist, dass du ruhig und entspannt bleibst und dir zum Aufwachen Zeit nimmst. Der Prozess des Wachwerdens ist die erste große Hürde für Neuankömmlinge. Aber eines verrate ich dir: jeder muss dadurch! Übrigens, ich bin Schwester Lisa. Wie heißt du?"

Sie schaute mich lächelnd an. Ihr Gesicht strahlte so viel Ruhe und Vertrauen aus, dass ich mich ihren Worten nicht wiedersetzen konnte. Ich rutschte in die liegende Position zurück und versuchte nachzudenken, aber mein Kopf war seltsam leer. Ich fühlte mich völlig inhaltslos, vollkommen losgelöst von jeglichen Erinnerungen und Emotionen.

„Ich heiße Günther", antwortete ich leise. Der angenehme Duft meines Kissens ließ mich wieder in den Schlaf sinken. Zwei Tage später konnte ich die Augen ohne Schwierigkeiten öffnen. Ich hatte mich an das Licht gewöhnt. Das Aufrichten im Bett fiel mir nicht mehr schwer. Nun konnte ich auch Nahrung zu mir nehmen. Morgens gab es Brei, mittags Suppe und abends erneut Brei. Stets befand sich eine volle Wasserflasche auf meinem Beistelltisch, die mich zum Trinken anregen sollte. Nach jedem Schluck merkte ich, wie mein Körper sich regenerierte. Doch das Denken war immer noch anstrengend. Mich an das zu erinnern, was geschah bevor ich hier landete, war noch unmöglich. Beim ersten Versuch, das Bett zu verlassen, knickte ich ein. Meine Gliedmaßen gaben nach, als hätte ich jegliche physische Stabilität verloren. Zum Glück war der Pfleger nicht weit.

„Es ist noch zu früh, um das Bett zu verlassen", sagte er und setzte mich zurück.

„Hab noch etwas Geduld. Ab morgen werden wir das Aufstehen üben. Erst das Aufwachen, dann das Aufnehmen von Nahrung, dann das Aufstehen. Das hast du schon geschafft. Was danach kommt, hängt von dir ab."

Der Pfleger war groß und kräftig. So wie man sich einen trainierten Physiotherapeuten vorstellt. Wir vereinbarten das Training jeden Vormittag, zwischen Frühstück und Mittag. Und so war es auch. Er kam meistens zur gleichen Zeit. Zuerst ließ er seine großen Hände über mein Gesicht schweben. Obwohl es keine Berührung gab, spürte ich eine ungewöhnliche Wärme, die durch meine Augen in meinem Körper hineinströmte. Anfangs war es unangenehm und verursachte ein seltsames Gefühl. Mit der Zeit spürte ich die wohltuende Heilung. Jede Behandlung war dann eine Stärkung für Körper und Geist.

Er bewegte meine Füße, Beine und Arme, massierte mir den Kopf und das Genick. Zu allerletzt streifte er einen sonderbaren Stab, der wie Sterne am Himmel funkelte, über meinem Körper, ohne mich zu berühren Abhängig von der Körperstelle wechselte der Stab seine Farbe.

Der Therapeut war wortkarg und machte seine Arbeit sehr konzentriert. Sobald er fertig war, legte er die Hände auf seine Brust, schloss die Augen, forderte mich auf, ihn nachzuahmen und versank in eine tiefe Entspannung.

Nach den Behandlungen war ich immer sehr entspannt und gelöst, hatte keine Schmerzen, kein Unwohlsein, keine Beklemmung. Nach ein paar Tagen konnte ich die Füße auf den Boden setzen und stehen bleiben. Schon bald wagte ich die ersten Schritte. Anfangs, durch den Pfleger gestützt, dann alleine, mich am Bett haltend, bis ich voller Mut den Weg zum Fenster zurücklegte.

17

Schwester Lisa kam dann nur einmal am Tag vorbei und war sichtlich erfreut über meine Fortschritte.

„Bald wirst du diese Station verlassen. Ich freue mich sehr, dass du alles so gut und schnell überstanden hast. Wir wissen, wie schwer die erste Zeit bei uns ist."

„Ich freue mich bald zu meiner Familie zurückzukehren", sagte ich, „aber ich wundere mich, dass keiner mich besucht hat. Wird mich denn jemand abholen?"

„Du wirst diese Station verlassen, denn hier können wir nichts mehr für dich tun", antwortete sie.

„Jeder muss viele Stationen durchlaufen, unzählige Hürden bewältigen, viele Ängste durchstehen, um irgendwann im Licht der Erkenntnis aufzuwachen. Und gerade diese letzte ist eine der schwierigsten Unternehmungen, die geleistet werden muss. Die meisten Menschen befinden sich im Schock wenn sie hier ankommen. Der Vorbehalt, die Unwissenheit, das fehlende Vertrauen erschwert unsere Arbeit und somit die Genesung. Es vergeht wertvolle Zeit, bis ein Patient mit seinem entmaterialisierten Körper so entspannt, dass er unsere Hilfe und Heilmittel annehmen kann."

„Entmaterialisiert? Was meint sie damit?", überlegte ich. Aber Schwester Lisa räumte keine Zeit für Fragen ein

18

„Wir wünschen uns eine Veränderung in dieser Hinsicht und freuen uns über jedem, der es leichter schafft, mit der neuen Umgebung eins zu werden" sagte sie, ohne mich anzusehen. Sie schüttelte den Kopf, als wollte sie die bedrückenden Gedanken los werden. „Ach, du wirst bald begreifen, wie schön das Leben ist und wie schön es ist hier zu sein."

Auf dem Weg zur Tür hob sie die Hand zum Abschied und drehte sich noch einmal zu mir. „Übrigens, ich bin eigentlich gekommen um dir zu sagen, dass du diese Station gleich morgen verlassen wirst", sagte sie und verließ das Zimmer.

Rückblick auf das vergangene Leben

Angst begleitete mich mein ganzes Leben. Als meine Mutter verstarb, war ich siebzehn und der älteste Sohn. Die Last der Verantwortung auf meinen Schultern war enorm. Zu groß für einen Knaben meines damaligen Alters. Sie erdrückte mich. Keiner konnte wissen, was in mir vorging; jeder innerhalb der Familie war mit sich selbst beschäftigt und versuchte seine Ängste zu unterdrücken. Aber dies erkenne ich erst jetzt. Erst seit meinem Aufenthalt in der Aufwachstation habe ich die Möglichkeit, die Dinge ohne die Beteiligung von Emotionen und ohne den Einfluss des Verstandes zu betrachten.

Keiner konnte die Ängste erahnen, die sich in mir, als Flüchtlingskind, ausbreiteten. Gewaltige Ängste begleiteten mich, als Vater nicht aus dem Krieg zurückkehrte, als wir gezwungenermaßen das vertraute Heim verlassen mussten, als wir das Schiff in eine unbekannte Welt und somit in ein ungewisses Leben betraten. Und als der furchterregende Unfall meine Schwester lähmte, lähmte er uns alle. Wir versuchten, das Leben so anzunehmen, wie es kam, ohne uns daran zu beteiligen. Die Angst paralysierte uns. Und als Mutter im Sterben lag, hatte auch sie große Angst. Nicht weil sie den materiellen Körper nicht ablegen konnte, sondern weil sie eine Horde ängstlicher Nachkommen zurücklassen würde, besonders die kleine Enkelin, die gerade acht Monaten vorher geboren war.

Die Traurigkeit, die mich in diesem Moment überwältigt, ist in der Erkenntnis begründet, dass wir Menschen uns wie ein Stück Treibholz im Fluss des Lebens treiben lassen. Die Eigenschaften des Flusses bestimmen den Weg und die Chancen zum Überleben. Ohne Halt lassen wir uns von dem Lauf des Flusses lenken, in der Hoffnung, dass alles gut wird.

Meine Ängste wurden nie weniger. Ganz im Gegenteil verstärkten sie sich und fanden geeigneten Grund und Boden in meinem Verstand, um prächtig zu gedeihen. Dieser alles bestimmende Verstand unterdrückt unsere Herzlichkeit, unsere eigentliche Beschaffenheit, um bedingungslos lieben zu können, so dass sich die Ängste mehr und mehr manifestieren können.

Die Möglichkeit, diese Schrift zu verfassen, wurde zur größten mir entgegengebrachten Barm-

21

herzigkeit. Dadurch kann ich mich in aller Form, bei allen Menschen, denen ich Leid, Kummer und Schmerz zugefügt habe, um Vergebung bitten, denn Nichts rechtfertigte mein Verhalten.

Ängste machten aus mir einen Getriebenen, einen Verfolgten, einen Flüchtling, so wie in meiner Kindheit – jetzt nur kräftiger, überzeugter, erwachsener. Als Kind waren Verlustängste meine permanenten Begleiter, als Erwachsener entwickelten sie sich zu Versagensängsten und im Alter waren beide die treibende Kraft zuzüglich neuen, die mein Verstand von Zeit zu Zeit schuf. Ich bin der Flüchtende aus der Kindheit geblieben und suchte Zuflucht in der Ehe und im Kinderreichtum. Ich flüchtete aus der Großstadt und im Grunde vor mir selbst.

Aus einigen Lebenserfahrungen konnte ich Lebensmut schöpfen. Dennoch fehlte mir innerer Frieden. So flüchtete ich in die Religion. Die religiöse Gemeinschaft gab mir Halt. Die strengen Richtlinien leiteten mich so, dass mein Vertrauen stetig wuchs. So sollte es sein. Dies hatte ich gesucht. Ich begab mich auf einen Pfad, der sowohl meine Verhaltensweise als auch meine moralische Einstellung bevormundete und mir zeigte, was richtig und falsch sei.

Die Welt ist ein Teufelswerk!. Das war damals die wichtigste Lektion, die ich verinnerlichte. Frauen zwingen die Männer zu unsittlichen Gedanken, mit ihren Reizen. Medien wie Radio, Fernseher, Zeitschriften zwingen die Menschen alles zu begehren,

22

was Sünde ist. Menschen, die eine fortschrittliche Lebensweise führen, sind gefährlich. In dieser Überzeugung führte ich mein Leben.

Das Vertrauen in die Richtlinien meiner Religion gab mir Kraft. Ich wollte – nein, ich musste meine Familie schützen: vor dem Sündenfall. So wurde ich strenger, bestimmender, jähzorniger bei dem kleinsten Widerstand.

Es macht mich heute traurig, zu erkennen wie manipulierbar wir Menschen sind, wenn wir uns treiben lassen und uns an dem ersten rettenden Zweig festhalten, ohne den Wald um uns zu beachten, ohne das Ausmaß des Ganzen zu realisieren. Auch ich habe nur diesen einen Zweig wahrgenommen, woran ich mich fest hielt und glaubte, den richtigen Weg eingeschlagen zu haben. Erst hier kam ich zu dieser Erkenntnis. Erst nachdem ich in der Lage war, mein ganzes Leben Revue passieren zu lassen.

Meine letzte Erinnerung vor dem Erwachen an diesem Ort beschränkte sich auf die dunkle, nasse Straße, die das Licht der Laternen fast vollständig schluckte. Ich fuhr konzentriert und langsam auf meinem kleinen Motorrad, bis ein grelles Licht rasant auf mich zu kam. Ich schloss instinktiv die Augen. Als es vorbei war, fühlte ich mich in der wiederkehrenden Dunkelheit benommen. Alles war verschwommen und eigenartig. Ich befand mich in einem schwarz-weiß Film, im Zeitraffer, wo alles sich

23

langsam bewegt, abgehackt und verzerrt. Danach schlief ich ein.

Ich schlief und träumte von meiner Kindheit, von Zuhause, wie wir Kinder Unsinn machten, wie wir lachten und tobten. Ich träumte von der langen Schiffsreise nach Brasilien und wie ich mir die neue Heimat vorstellte. Manchmal träumte ich nicht, sondern befand mich einsam und alleine in einer Gegend, die ich nicht kannte. Eine weite Ebene ohne Bäume, ohne Hügel, ohne Tiere und ohne Menschen. Nur ich befand mich dort in der Wüste aus rotbrauner und gelblicher Erde. Es war weder Tag noch Nacht. Das Licht war gedämmt, wie bei Sonnenaufgang, aber die Sonne selbst ging nie auf.

Ich wanderte so lange, bis ich müde wurde. Mein Kopf schmerzte und meine Beine konnten mich nicht mehr tragen. So legte ich mich auf den kargen Boden und schlief. Ich schlief im Traum und träumte von meiner Familie. Wo war sie? Warum war sie nicht bei mir? Ich fühlte mich gefangen, unfrei und einsam in dieser Weite.

Ich erinnerte mich an die Tage, an denen ich mit Frau und Kindern zum Gottesdienst ging, an die Menschen, die ich dort traf und an deren Begrüßung. Ich fühlte mich dort als Teil einer großen Bruderschaft, einer religiösen Familie. An sie habe ich gedacht, auch an das stolze Schreiten mit der Bibel unter dem Arm und an das Gefühl, welches mich dabei überwältigte.

24

Eine fremde Stimme in meinem Kopf fragte mich, ob ich Schuldgefühle hätte. Aber was bedeutet Schuld? Kann ein Löwe für das Erlegen seiner Beute verurteilt werden? Er muss seine Nahrung jagen, erlegen und fressen, um für seine Nachkommen zu sorgen. Er kennt nichts anderes. Kann ein Mensch für eine Tat, die er unter der absoluten Überzeugung ihrer Wahrhaftigkeit begeht, schuldig gesprochen werden? Warum sollte ich mich schuldig fühlen? Meine Kinder haben die Strenge und manchmal die Züchtigung gebraucht, um ordentliche Menschen zu werden. Ich habe nur mein Bestes gegeben und für die Familie gesorgt.

Heute fühle ich die große Last der Reue über meine damaligen Einsichten. Damals dagegen, sagte die fremde Stimme in meinem Kopf, dass jeder Mensch die Verantwortung über sein Tun tragen sollte, auch wenn er meint, sein Leben sei vom Schicksal bestimmt.

Tagelang wanderte ich weiter durch die karge Einöde, bis ich meinte, die Stimme meines Vaters zu hören. Ich schaute mich um, sah aber niemanden. Nichts hatte sich verändert. Ich hörte sie noch einmal, lief umher, schreiend. „Vater, wo bist du?"

Plötzlich spürte ich mich wieder, als der kleine Junge, der seinen Vater verehrte und vermisste. Unter Tränen vernahm ich die laute Stimme in meinem Kopf, die mich streng ermahnte: „Sei still, Junge! Hör jetzt mal gut zu!".

25

Ich hielt meinen Kopf fest, als wollte ich die Stimme mit beiden Händen festhalten und nie wieder loslassen.

„Beruhige dich. Du wirst gleich einen Lichtstrahl sehen; dorthin bewegst du dich. Schau nicht zurück. Geh immer dem Strahl entgegen."

„Ja, Vater", sagte ich, wie ein kleiner, verängstigter Junge. Und die Tränen rollten über meine Wangen.

Plötzlich sah ich das Licht. Wie ein Sonnenstrahl, der sich durch die dichte Wolkendecke kämpft, um Hoffnung am Horizont aufkommen zu lassen. Alles um mich war verdunkelt, nur der Strahl leuchtete und zeichnete einen Weg, der immer schmaler und leuchtender wurde, bis ich aufgrund der Lichtintensität nicht mehr direkt hinschauen konnte.

Je näher ich diesem Punkt kam desto ruhiger wurde ich. In jenem Augenblick wusste ich, dass alles gut werden würde und dass ich keine Angst mehr haben brauchte.

Beim Erreichen des hellsten Punkts war ich im Nichts. Anders kann ich es nicht ausdrücken. Schwerelos schwebte ich in einen lichterfüllten Raum, in wohliger Wärme. Das Licht blendete mich nicht mehr. Meine Augen mussten sich nicht mehr an das Dunkle oder Helle anpassen, denn alles war hell. Wie in einer Lichtblase oder besser, in einem Lichtuterus, fühlte ich mich geborgen.

Ich verlor jeglichen Bezug zur äußeren Welt und befand mich in einer sehr wohltuenden Umgebung. Ich spürte nichts, nahm nichts wahr. Ich schwebte und fühlte mich wie ein Astronaut in der Schwerelosigkeit.

Mit der Zeit bemerkte ich, dass sich etwas veränderte: entweder die Umgebung oder ich mich oder beides. Die Lichtblase wurde enger. Ab und an nahm ich Schatten wahr. Stimmen in meinem Kopf sprachen ermutigende Worte. Manchmal floss starke Energie durch die Lichtblase, die sich wie eine zweite Haut um mich legte. Ich schlief ein und wachte erst mit Hilfe von Schwester Lisa auf.

Neue Realitätswelt

Die Terrasse auf der ich gerne saß, eine Art Pergola von zweifarbigen Blüten bedeckt, war und ist ein Teil des Domizils, wohin ich nach dem Aufwachen verlagert wurde.

Dort hielt ich mich gerne auf, hatte Zeit mich zu erholen. Auch wenn ich noch nicht genau wusste, warum ich nicht zu meiner Familie zurückkehren konnte, fühlte ich mich wohl in der neuen Umgebung und versuchte mich anzupassen. Die Erinnerung an mein früheres Leben war verschwommen und fiel mir spürbar schwer.

Man sagte mir, dass die Amnesie sich eines Tages auflösen würde. Darauf hoffte ich und wartete geduldig.

Ins Domizil kamen die Menschen, wenn sie die Aufwachstation verlassen konnten. Schwester Lisa begleitete mich dorthin, zeigte und erklärte mir alles. Es handelt sich um eine Art betreutes Wohnen, also der erste Schritt zur Eingewöhnung in das neue Leben.

Wer dort wohnte, hatte ein schönes Zimmer, einfach eingerichtet und sehr gemütlich. Anstatt Fenster gab es eine zweiflügelige Tür, die zur Terrasse aufging. In den Zimmern lagen ein paar Bücher, Mal- und Schreibutensilien sowie Spiele bereit, womit sich die Bewohner beschäftigen konnten.

Der Tagesablauf war streng geregelt. Die Mahlzeiten wurden im gemeinsamen Speiseraum eingenommen. Jeder Neue wurde vorgestellt und sofort in eine Gruppe aufgenommen, um ihm bei der Eingewöhnungsphase behilflich zu sein.

Das Gefühl, ein Fremder zu sein, hielt nicht lange an. Es herrscht ein so großes Verständnis für einander, als ob die Gruppe eine Einheit wäre. Der Austausch zwischen den Bewohnern war ein sehr wichtiger Aspekt. Es wurde großen Wert darauf gelegt.

Die Gruppen trafen sich regelmäßig. Die Mitglieder unterhielten sich oder spielten gemeinsam. Eine besondere Übung war das gemeinsame Lesen und die anschließende Unterhaltung. Durch die Einsicht des Anderen, konnte jeder von uns wachsen. Dadurch lernte ich nicht nur behilflich zu sein, sondern auch Hilfe anzunehmen, was für mich viel schwieriger war.

Am Anfang saß ich still und beobachtete. Ich hatte das Gefühl, nichts beitragen zu können. Doch

29

als ich die Geschichte der anderen hörte, wurde mir klar, dass meine Geschichte doch nicht so abartig war. Wir alle hatten ähnliche Erderfahrungen gemacht. Aus Fremden wurden Freunde.

Anfangs wusste ich nicht, was ich in meiner freien Zeit machen sollte und war froh, einen geregelten Tagesablauf zu haben. Täglich nach dem Frühstück kam Rique, mein Betreuer, also der Verantwortliche für meine Eingewöhnung. Er hatte ein sympathisches Wesen. Auch wenn alle Menschen, denen ich begegnete, sympathisch und freundlich waren, kam ich mit manchen besser aus, als mit anderen.

Rique erzählte, dass er mich seit meiner Reise hierher begleitet. Er wusste alles über mich, über meine Geschichte, meine Traurigkeit, meine Höhen und Tiefen. Er ermutigte mich, meine Empfindungen den anderen gegenüber zu offenbaren, um Trost zu ernten und Erleichterung zu gewinnen. Inzwischen war mir bewusst, dass ich weit weg von meiner Familie lebte und zu meinen früheren Leben nicht mehr zurückkehren würde. Oft dachte ich an sie, warum sie nicht bei mir waren und ob ich sie jemals wiedersehen würde. Aber auch an ihre Ungewissheit und Trauer, die sie durch mein Verschwinden spüren würden. Ich liebte sie immer noch.

Eines Tages fragte ich Rique, ob ich jemals den Kontakt zu meinen Angehörigen wieder aufnehmen würde. Ich wünschte mir, dass sie erfahren sollten, dass ich weiter lebte. Sie sollten sich von ihrer Traurigkeit und Verzweiflung lösen können, weil es mir gut ging.

„Die Dualität auf der Welt, dass Entweder-Oder, entweder gut oder böse, hell oder dunkel prägt den Verstand der Menschen ", erklärte er mir.

„Wir befinden uns im Energiefeld der Erde, in ihrer sogenannten Aura. Der Mensch ist von einigen Energieschichten umgeben, so auch der Planet, in der er lebt. Alle Eigenschaften der Erde sind auch hier zu finden, in dieser Realitätswelt, jedoch in einer reineren Form. Der Unterschied liegt einfach an der Schicht in der wir leben. Von der Schwere der Materie entlastet, fühlen wir uns freier und leichter."

Diese Erklärungen halfen mir, mein neues und andersartiges Leben zu akzeptieren, obwohl ich immer noch nicht begreifen konnte, was geschah und warum ich hier gelandet bin. Alle sprachen über Entmaterialisierung oder Entkörperung, wenn gleich ich mich nach wie vor spürte, meinen Körper sehen und fühlen konnte und auch alles, die Gebäude, die Pflanzen und die Menschen um mich herum. Die Nacht war nicht sehr dunkel, aber der Tag sehr hell.

„Warum können wir die Sterne und den Mond sehen, aber die Sonne nicht?", fragte ich Rique.

„Die Sonne wird von hier aus nicht punktuell wahrgenommen. Ihr strahlendes Licht verteilt sich um uns, ohne dass wir eine Lichtquelle sehen. Auf der Erde wird der Übergang zwischen Hell und

31

Dunkel sehr hart gezogen. Eigentlich ist er fließend, wie die Farben des Regenbogens, die ineinander übergehen, ohne eine Grenze zu bilden. Grenzen werden von Menschen gesetzt, obwohl sie tatsächlich nicht existieren."

Ich wollte etwas dazu sagen, aber meine Gedanken kreisten um Dualität, Realitätswelten, Entmaterialisierung, Entkörperung, Energiefeld der Erde und vermischten sich zu einem Wirrwarr von Unbegreiflichkeiten

„Deine Fragen werden sich mit der Zeit aufklären, wenn du dir Zeit nimmst und sie begreifen willst. Alles hängt von dir ab. Du allein bist für ihre Auflösung verantwortlich. Aber du wirst mit ihnen nicht allein gelassen. Wir sind eine Gemeinschaft und füreinander da".

Bevor ich fragen konnte, woher er wusste, was ich dachte, fuhr er fort:

"Wir sollten erkennen, dass wir ein Teil der universellen Gemeinschaft und mit allen Realitäten verbunden sind. Im Universum gibt es viele Realitätswelten, dementsprechend viele Realitäten in einer Welt. Hier wirst du lernen, die Kraft deiner Gedanken einzusetzen. Die Energie der Gedanken ist ein Teil der gestaltenden Energie des Universums. Immer wenn jemand zum Himmel schaut, seine Schönheit bewundert und über seine Unendlichkeit staunt, sendet er positive, gestaltende Energien aus, die sich mit allen anderen guten Gedanken vereinen und irgendwo Veränderungen verursachen."

Rique erklärte, dass die bewusste Wahrnehmung ein großer Akt ist und der erste Schritt zur inneren Freiheit. Die Menschen sollten sich einige Sekunden am Abend Zeit nehmen und bewusst in den Sternenhimmel schauen. Sie leben nicht isoliert. Das ganze Universum ist durch die gleiche Kraft miteinander verbunden und wird von ihr getragen.

Die Gedanken sausten durch meinen Kopf. Diese Dinge waren mir bis dahin nicht wichtig gewesen. Unbeachtet gingen sie an mir vorbei. Was bedeutete dies alles? Was war das für ein Ort? War ich hier, um das Verpasste zu begreifen? Um mein verpasstes Leben zu begreifen? War ich tot oder träumte ich?

„Das wirst du noch früh genug erfahren", antwortete Rique freundlich, ohne dass ich die Frage laut aussprach.

„Die Energie, die das Universum zusammenhält, kann mit der Energie der Meere verglichen werden– dem Wasser, das alle Meeresbewohner miteinander verbindet. Außerhalb des Wassers werden alle anderen Lebewesen durch die ihnen umgebenden Atmosphäre verbunden – der Luft. So wird auch das Universum durch Energie zusammengehalten und belebt."

Er sah mich an und merkte meine Verwirrung.

„Es scheint kompliziert, ist es aber nicht", sagte er, um mich aufzuheitern. „Wenn wir anstelle der nichtwahrgenommenen Energie an das lebenspendende Wasser denken, welches sowohl sichtbar als auch greifbar ist, wird es logischer." Wir gingen nebeneinander durch den angrenzenden Park. Rique schien meine Gedanken lesen zu können und gab mir Zeit, sie zu ordnen. Ich erkannte, dass mich diese Dinge nie interessiert hatten und dass es viel nachzuholen gab.

„Genauso geschieht es mit dem Menschen. Seine Materie, sein materieller Körper wird von Energien zusammengehalten und belebt. Wir können sie ewiges oder geistiges Bewusstsein nennen oder entmaterialisierte Energie. Dieser Teil des menschlichen Wesens wird noch viele Bezeichnungen bekommen, je nachdem welche Wissenschaft an ihn näher herankommt. Doch Namen sind unwichtig. So wie du Günther heißt, könntest du auch Johannes oder Karl heißen. Hier bezeichnen wir den entmaterialisierten Teil des Menschen *Geistkörper* oder einfach *Geist*. Damit klar zu kommen, ist nur eine Frage der individuellen Anpassung. Der eine braucht kürzer, der andere länger."

Rique schlug vor, den Spaziergang zu beenden. Es war anstrengend genug, mich an die neue Umgebung anzupassen. Ich brauchte Zeit, um die Eindrücke und die Erklärungen zu verarbeiten.

34

Die nächsten Tage verbrachte ich damit, meine Gedanken zu ordnen, Riques Erläuterungen nachzuvollziehen und zu verinnerlichen. Doch die Frage nach dem Verbleib meiner Familie beschäftigte mich zunehmend. Sobald ich eine ungelöste Frage hatte, erschien Rique mit der Antwort.

„Wenn du hier auf der Terrasse sitzt und an deine Familie denkst, schließe die Augen, entspanne dich wie vor einer Meditation. Lass die Gendanken an dir vorbei ziehen und konzentriere dich auf die aufkommenden Bilder." Er sagte das und verschwand.

Anfangs nahm ich nur die Schatten meiner Lieben wahr. Durch Übung wurden sie immer deutlicher. Ich spürte nicht nur sie, sondern auch ihre Traurigkeit. Ich rief ihnen zu: „Hört mal, mir geht es gut! Ich lebe! Seid nicht traurig. Eines Tages werden wir uns wiedersehen." Aber sie reagierten nicht.

Der einzige, der auf mich reagierte und meinte meine Stimme erkannt zu haben, war mein Schwiegersohn Jorge. Zu ihm sagte ich immer wieder: „Jorge, sag den anderen, dass ich in einer seltsamen aber schönen Welt weiter lebe und dass es mir gut geht."

Eines Tages sah ich in einer Meditation, wie Jorge meine Botschaft überbrachte. Sie waren überrascht und jeder für sich glaubte irgendwie daran. Dies hat mir sehr geholfen und mich für den neuen Lebensabschnitt befreit.

Die Gespräche im Domizil fanden ständig statt. Betreuer erklärten uns die hiesige Lebensweise und die Gruppen erarbeiteten ihre Einsichten und Zweifel miteinander. Auf diese Weise wurden die Bewohner des Domizils an das neue Leben herangeführt und konnten sich behutsam anpassen.

In einer dieser Gesprächssitzungen wurde uns erklärt, dass Erkenntnis der Weg ist und das Ziel, ihre Umsetzung.

„In unserer Entwicklung lernen wir durch Erfahrung unsere Talente einzusetzen. Durch die Erfahrung anderer, lernen wir Wissen zu sammeln. Einen Teil davon wenden wir an, wenn wir erkennen, dass die Erfahrung eines anderen von uns angenommen oder abgelehnt und vermieden werden sollte, weil wir uns in einer ähnlichen Situation befanden. Das Wissen allein bringt uns nicht weiter. Wir müssen handeln. Wir müssen Wissen in Taten umsetzen, damit Veränderung stattfinden kann."

Das Domizil war ein Ort, in dem ich mich meinem Wesenskern anzunähern begann. Ich meine, jedes Mal wenn ich in den Spiegel schaute, konnte ich sehen, wie ich mich ein wenig verändert hatte. Der Spiegel zeigte mir wer ich war und nicht wer ich meinte zu sein.

Als ich das erstemal an den Spiegel herangeführt wurde, sah ich eine triste Gestalt. Obwohl ich mich sehr wohl fühlte, zeigte mein wahres Ich, dass noch viel zu verändern und zu tun war. Mit jedem

Tag wurde es etwas besser, denn eine Kleinigkeit veränderte sich. Heute schaue ich gerne hinein. Das Innere und das Äußere sind ausgewogen und befinden sich im Einklang.

Hier habe ich gelernt ich zu sein. Das was ich bin, zeige ich mit Würde. Es ist unwichtig ob ich klein, groß, dunkel oder hell bin, dick oder dünn, Mann oder Frau. Wichtig ist das, was ich ausstrahle. Die Neunankömmlinge strahlen nicht oder zu wenig. Daran kann man erkennen, wer unsere Hilfe benötigt. Gerade diejenigen, die uns abweisen, brauchen uns, unsere Hilfe und unser Strahlen am nötigsten.

Wie lange ich im Domizil gewohnt habe, kann ich nicht sagen. Zeit ist eine Einheit für die Menschen auf der Erde. Obwohl hier alles wie auf der Erde wahrgenommen wird, spielt Zeit keine Rolle. Ich kann sie auch nicht präzise in Monaten, Jahren oder Stunden ausdrücken. Der Bezug dazu ist mir verloren gegangen.

Hier fing ich an, die Zeit für mich zu nutzen und mein Leben zu genießen, unabhängig von Zeigern und Minuten. Ich freute mich über die Treffen mit der Gruppe, die Gesprächsrunden mit den Betreuern und spürte die Veränderung in mir. Bald war ich nicht mehr auf kräftige Nahrung angewiesen. Leichte Kost war mir lieber, bis ich irgendwann komplett auf Obst und Gemüse umstieg. Obst und Gemüse haben eine andere materielle Struktur, sowie alles, was es hier gibt. Auch das Gras, die Bäume, die Häuser oder Straßen. Diese Strukturen können nicht mit den groben Strukturen der Erde verglichen werden. Aber das Gefühl zu essen, satt zu sein oder durstig und hungrig, war anfänglich identisch. Es gibt hier auch Nutz– und Wildtiere, die als mitwirkende und mitgestaltende Geschöpfe unserer Realitätswelt geachtet werden.

Als ich mich integriert und angekommen fühlte, wollte ich der Gemeinschaft meine neue und in mir aufsteigende Kraft zukommen lassen. So kam es dazu, dass ich kleinere Aufgaben im Küchendienst übernahm und bald nur zum Schlafen in mein Zimmer ging. Der Küchendienst war eine gute Gelegenheit, um neue Freundschaften zu schließen. Interessanterweise kamen diejenigen zusammen, die sich in irgendeiner Form ergänzten und wichtig füreinander waren.

Eines Abends kam Rique in Begleitung einer Frau. Es war Nair – klein, gedrungen, mit lockigem Haar. Ihre rote Brille saß so tief auf der Nasenspitze, dass sie immer darüber schaute. Er erklärte, dass Nair die Schreinerei leitete und dass einer ihrer Helfer neue Aufgaben übernehmen würde. Dadurch wurde ein Platz frei. Da sie alle sehr zufrieden mit meiner Entwicklung waren, wäre ich in der Lage, größere Verantwortung zu übernehmen. Aber selbstverständlich nur, wenn ich mich dazu bereit fühlte. Wenn ja, bedeutete es, dass ich das Domizil recht bald verlassen und in der Nähe der Schreinerei meine Unterkunft beziehen würde.

„Du musst uns nicht direkt eine Antwort geben", sagte er. „Wir möchten nur, dass du darüber nachdenkst, ob du dich bereit fühlst, diese geschützte Umgebung des Domizils zu verlassen, um in die Stadt umzusiedeln und dich dort zu integrieren."

Bis dahin waren das Domizil, seine Häuser und Gärten, der kleine See in der Mitte mein Zuhause. Ich hatte überhaupt nie daran gedacht, dass es nur ein Teil einer größeren Stadt war. Ich hoffte, zu meiner Familie zurückzukehren, wenn ich diesen Ort verlassen sollte. Doch meine Hoffnung rückte Tag für Tag immer weiter in die Ferne.

„Ich verabscheue Großstädte. Sie beherbergen Gewalt und Einsamkeit. Werde ich mich denn integrieren und wohlfühlen können?", fragte ich mich.

„Wir erwarten keine Zusage von dir. Nur eine Antwort", sagte Nair und streckte mir die Hand zum Abschied entgegen. „Bis in zwei Tagen."

Ich hatte Angst. Die Gefühle aus meinem früheren Leben wuchsen und nahmen in mir Platz, wie ein unbequemer Gast. Obwohl ich sie schon lange nicht mehr spürte, erkannte ich sie als die gleichen aus meiner Kindheit und danach. „Wie soll ich es schaffen?" fragte ich mich immer wieder.

Ich schaute wieder in den Spiegel. Die Gestalt, die mir entgegen blickte, war nicht mehr die traurige, in sich gefallene graue Gestalt aus vergangener Zeit.

„Das bin ich jetzt! Und nicht mehr das verängstigte Kind, welches seinen Vater vermisste, seine Mutter verlor und seine Heimat verlassen musste". Langsam wandelte sich die Angst in Dankbarkeit und Zuversicht. Gestärkt in Gottes Vertrauen und geheilt, wenn auch nur ein wenig heiler, erkannte ich, dass die Gelegenheit gekommen war, Veränderungen zu wagen. Unser Fortkommen kann nur durch Veränderung stattfinden. Ohne Veränderung schreiten wir den gleichen Weg auf und ab, immer und immer wieder.

Abschied vom Domizil

Nair war eine angenehme Erscheinung; obwohl bestimmend, nicht unfreundlich. Was sie sagte, wurde umgesetzt. Sie ließ keinen Raum für Diskussionen. Doch unerwartet konnte sie kleine Späßchen machen, um die Beziehung zu ihr aufzulockern. Später, als wir uns besser kannten, habe ich sie gefragt, warum sie eine Brille trug, wenngleich sie immer darüber schaute. „Weil sie mich strenger aussehen lässt!" war ihre Antwort. In Wirklichkeit brauchte sie keine.

Wie verabredet, kam sie nach zwei Tagen. Sie freute sich darüber, dass ich ihren Vorschlag annahm und das Domizil verlassen wollte.

„Es wird noch ein Weilchen brauchen, bis alle Vorbereitungen abgeschlossen sind", sagte sie. „Während dessen, wirst du von deinem Dienst in der Küche befreit und kannst die Stadt kennenlernen. Wir werden dir alles zeigen, damit du dich nicht *verläufst*", erklärte sie lächelnd.

41

In meiner Aufregung spürte ich, dass etwas nicht stimmte, wusste aber nicht was. „Hm, was ist los? Habe ich etwas Falsches gesagt?", fragte ich irritiert.

„Hier kann man sich nicht verlaufen. Der leichtere, feinfühlige Körper reagiert wie ein Kompass, der immer die richtige Richtung einschlägt. Das konntest du nicht wissen. Hab Freude Neues zu entdecken", sagte sie, „und sei nicht allzu streng mit dir. Morgen werden Tomas und Gabriel dich in die Stadt begleiten. Nun muss ich gehen."

Sie legte ihre die Hand auf meine Schulter und verabschiedete sich: „Bis bald in deiner neuen Unterkunft."

Ich konnte mir die Arbeit in der Schreinerei überhaupt nicht vorstellen und fragte mich, wozu man hier eine Schreinerei brauchte.

Wie angekündigt, holten mich Tomas und Gabriel ab. Tomas war ein Mann, der Weisheit ausstrahlte. Sein weißes, volles, nach hinten gekämmtes Haar schmückte sein Gesicht, wie ein edler Rahmen. Er hatte blaue Augen und einen majestätischen Gang. So war Tomas: aufrecht und elegant. Manchem könnte er sogar hochnäsig vorkommen. Aber das war er nicht. Er war vertrauenserweckend und offen.

Gabriel war dagegen klein, dünn, fast dürr. Ein junges energiegeladenes Kerlchen.

„Dadurch, dass in dieser Realitätswelt das Äußere ein Spiegel des Inneren ist, kann das Alter

42

schwer geschätzt werden", erklärte Tomas. „Das äußere Erscheinungsbild entspricht dem Zustand unseres Kerns. Schritt für Schritt entwickeln wir unser Bewusstsein, bis die individuelle Grenze erreicht ist. So erreichen wir die Vollkommenheit der Stufe, auf der wir uns befinden. Danach stellen wir uns anderen Herausforderungen, die uns eine weitere Bewusstseinsstufe erklimmen lassen. Stufe für Stufe schreiten wir fort, bis wir die Vollendung unserer Wesenheit erreicht haben."

Nun konnte ich verstehen, was immer wieder mit mir geschah, wenn ich in den Spiegel schaute und ein anderes, ein verändertes Ich mir entgegen blickte. Es waren keine große Veränderungen: die Haare waren schöner und fülliger, das Gesicht entspannter, die Haut glatter, die Falten an der Stirn weg. Auch die Mundwinkel hingen nicht mehr nach unten. Diese kleinen Veränderungen beeindruckten mich sehr. Sie waren der Beginn eines unaufhaltsamen Kreislaufes von Glückseligkeit. Ich erkannte, dass wir uns verändern und diese Veränderung ausstrahlen. Das neue Erscheinungsbild wird von Menschen in unserer Umgebung wahrgenommen und ermutigt sie wiederum, Veränderungen zuzulassen.

„Manchmal lassen wir uns von Nichtigkeiten aus der Fassung bringen, ohne zu überlegen, was das für eine Wirkung auf uns und auf unsere Umgebung hat", sagte ich nachdenklich.

Tomas, Gabriel und ich gingen durch den Park des Domizils bis zum großen Nord-Tor und blieben davor stehen.

Ich hatte nicht den Wunsch, meine sichere Umgebung, die Terrasse mit der Pergola, den Garten, den Park zu verlassen. Die unmittelbare Nähe meiner Wohnung genügte mir. Ich genoss jede Minute auf meine Terrasse. So bemerkte ich nicht, dass eine hohe Mauer das Domizil von der Stadt trennte und der Zugang nur durch ein gigantisches Tor gewährt wird.

„Die Mauer und das Tor", erklärte Tomas, „sind notwendige Maßnahmen, um die Bewohner des Domizils zu schützen.

Das Domizil hat verschiedene Stationen, nicht nur die Aufwachstation, die du kennst. Manche Neuankömmlinge sind sehr verwirrt. Sie können nicht begreifen, dass sie die Ebene gewechselt haben. Sie wollen zurück zum früheren Leben, zur Familie, zur Situation, in der sie sich befanden.

Wir stehen hier vor dem **Nord-Tor**[1], das zu Esperanza – Stadt der Hoffnung – führt. Hinter uns, auf der anderen Seite, befindet sich das **Süd-Tor**[2], das aus Esperanza hinaus führt. Es wird auch *Das Tor der Ungewissheit* genannt. Wie der Namen schon

---

[1] Nord-Tor – führt in die erweiterte Stadt Esperanza hinein

[2] Süd-Tor – führt aus Esperanza hinaus

44

sagt, führt es aus unserer sicheren und geschützten Umgebung zurück in ein trügerisches entmaterialisiertes oder entkörpertes Leben auf der materiellen Erdoberfläche. Diese Menschenseelen leben in einer Art Parallelwelt und können den Lichtstrahl der geistigen Bruderschaft, die ihnen zu Hilfe kommt, nicht wahrnehmen. Sie bleiben in ihrer alt bekannten Umgebung haften und leiden, weil sie ihre Veränderung nicht akzeptieren wollen. Sie verstehen nicht, warum die Menschen, mit denen sie zu tun hatten, nicht mehr auf sie reagieren. Sie sprechen zu ihren Angehörigen und bekommen keine Antwort; sie werden laut, toben, vergeuden ihre Kräfte und werden immer schwächer. Mit der Zeit, lernen sie Energie zu tanken, in dem sie die Energie anderer Menschen anzapfen."

„Die Menschen meinen, das Universum besteht nur aus dem, was sie sehen. Was für ein Irrtum!", fügte Gabriel hinzu.

Ich fühlte mich beklemmt und verängstigt. „Wenn das stimmt, werde ich diesen Ort nie wieder verlassen können."

„Viele kommen mit dem Frieden dieses Ortes nicht zurecht und wollen zurück", sagte Tomas und unterbrach meine Gedanken. „Sie wollen zurück, weil sie an ihre Kinder denken, weil sie Rache wollen, weil sie um ihren Reichtum bangen. Es gibt unzählige Gründe, warum ein Mensch diesen Ort verlassen will, und alles daran setzt, es zu tun. Die Menschen begreifen nicht, dass sie auf einer anderen Ebene des Lebens sind. Das Tor soll sie aufhalten. Es ist ein Hinweis, der zur Besinnung führen soll; ein Hindernis für ihr Vorhaben. Wenn sie es erreichen, haben sie noch eine Chance zu überlegen, ob sie wirklich zurück ins Ungewisse fliehen wollen oder sich für die Gewissheit entscheiden. Das Tor hält die meisten ab. Wer sich jedoch mit aller Kraft gegen das Domizil entscheidet, dem öffnet sich das Tor ins Ungewisse, ohne das es zunächst ein Zurück gibt."

Tomas führte mich zu einer Bank. Nach einer kleinen Erholungspause fragte er mich, ob es mir gut ginge.

„Viele Informationen auf einem Mal verwirren mich", sagte ich und schüttelte den Kopf. „Warum bleibt denn auch dieses Tor, vor dem wir stehen, für die Bewohner des Domizils verschlossen, wenn es doch zur Stadt führt und nicht in das Ungewisse?"

„Das Domizil ist ein Rehabilitationsort. Dort werden die ersten Schritte in ein verändertes Leben gemacht. Dort werden die Bewohner an die neue Körperlichkeit herangeführt", erklärte er. „Sie lernen zu vertrauen und kommen ins Gleichgewicht. Wenn jemand sehr neugierig ist, aber noch nicht kräftig genug, würde er das, was er hinter diesem Tor sieht, nicht als Wirklichkeit erkennen. Sein Zustand könnte sich dadurch verschlechtern und alle bisherigen Bemühungen wären nutzlos. Für die Entwicklung ist es hinderlich mehr zu erfahren, als man verkraften

46

kann. Das Tor zur Stadt können nur diejenigen passieren, die darauf vorbereitet sind; und dies, nur in Begleitung oder mit einer Erlaubnis."

Ich befand mich zu diesem Zeitpunkt noch in der Erholungsphase. Mein Körper hatte sich noch nicht vollständig an dieses neue, feinstoffliche Leben gewöhnt. Im Domizil lernte ich, dass der Mensch aus sichtbarer und unsichtbarer Materie besteht. Unser Körper ist sichtbare Materie, dagegen ist unser geistiges Bewusstsein, unser Geistkörper oder die sogenannte Seele unsichtbar. Selbst die Erde besteht aus sichtbarer und unsichtbarer Materie. Zum Beispiel ist elektrischer Strom unsichtbare Materie wie unsere Gedanken. Wir erkennen nicht sichtbare Materie erst durch ihre Wirkung. Die unsichtbare Welt, die sogenannte entmaterialisierte Welt ist aktiv und lebendig.

Oft musste ich an mein früheres Leben denken, das eigentlich nicht schlecht gewesen war. Ich persönlich hätte vieles anders machen sollen, aber in meiner eingeschränkten Sicht war es mir nicht möglich. Es war ein anstrengendes, rastloses Leben.

Inzwischen hatte ich mich an die Tatsache gewöhnt, dass meine Gedanken ein offenes Buch waren und alle darin lesen konnten. Trotzdem überraschte es mich, wenn auf meine Gedanken geantwortet wurde.

Die Schilderungen und Erklärungen von Tomas und Gabriel musste ich erst verarbeiten. Ich hörte aufmerksam zu, soweit es mir möglich war und ließ

47

die Eindrücke auf mich herunter prasseln wie ein warmer Sommerregen.

Ich fragte mich, warum ich nichts über diese Realitätswelt wusste. Ich war ein religiöser Mensch, der seinen Gottesdienst ernst nahm. Ich war der Meinung, wirklich *im Dienst Gottes* gestanden zu sein, trotzdem hatte ich nie gehört, dass die Sterne bewohnt sind oder dass ein Ort wie dieser existiert – eine seltsame Parallelwelt, die ich noch nicht vollständig begreifen konnte.

„Deine Fragen und Überlegungen sind berechtig", antwortete Gabriel. „Jeder Neue sollte sich einer Studiengruppe anschließen, Vorträge besuchen, sich mit den älteren Bewohnern austauschen, Fragen stellen, denn dies dient nicht nur der Integration, sondern auch dem eigenen Fortschritt. Hier bekommt jeder sein persönliches Wieso und Weshalb erklärt, vor allem, die Möglichkeit, bestehende Verstrickungen und Belastungen aus früheren Leben, zu erkennen und aufzulösen. Dies hat bei uns eine sehr hohe Priorität."

„Neue, wie du", fügte Tomas hinzu, "werden von uns angespornt und ermutigt ihre Ängste, Vorbehalte und Gewohnheiten abzulegen. Doch keiner wird zu irgendetwas gezwungen, denn wir respektieren die Willensfreiheit", fügte Tomas hinzu.

Esperanza bedeutet Hoffnung. Innerlich spürte ich die Hoffnung auf ein besseres Leben wachsen. War Esperanza wirklich meine neue Heimat? Was

48

wollte mir Tomas sagen mit *keiner wird zu irgendetwas gezwungen, denn wir respektieren die Willensfreiheit?* Erklärte er mir gerade, dass jede hier ankommende Menschenseele Esperanza durch das Süd-Tor – das Tor der Ungewissheit, verlassen kann, wenn der Drang nach der materiellen Umgebung der Erde sie beherrscht und unüberwindbar wird? – fragte ich mich.

Und wenn jede Menschenseele Esperanza verlassen kann, warum bleibt sie hier? Warum kehrt sie nicht zu ihrer Familie? Erkannte ich richtig, dass die Menschenseele, die freiwillig entscheidet Esperanza durch das **Süd-Tor** zu verlassen erst wieder in Esperanza aufgenommen wird, wenn sie sich von der materiellen Anziehung losgelöst und erkannt hat, dass sie eine geistige Wesenheit ist und ihr Leben auf einer geistigen Ebene fortführen will? – fragte ich mich weiter.

„Jeder Mensch, der sich dauerhaft von seinem materiellen Körper trennt, braucht eine Zeit, um sich vom *zurückbleibenden* Leben zu verabschieden. Manchmal erkennt er, dass er die materielle Hülle verlassen hat und dass ein neuer Abschnitt beginnt. Manchmal entscheidet er zu seiner Familie zurückzukehren. Doch ein geistiges Wesen kann in einer materiellen Welt nicht fortschreiten, denn er gehört nicht dorthin. Einzelne Fälle gibt es, bei denen die Menschen sich bewusst verabschieden, weil sie unsere Vorbereitungen wahrnehmen und sich darauf einlassen. Wären es mehr, würde der Übergang auf die geistige Ebene um einiges einfacher sein. In den meisten Fällen werden die Menschen von uns, von entkörperten Freunden oder Angehörigen begleitet, schon bevor sie das große Licht sehen. Ich meine Helfer aus der unsichtbaren, entmaterialisierten Welt. Wenn sie bereit sind mitzukommen, erhalten sie Ersthilfe in einer Aufwachstation. Schwierigere Fälle werden in den unzähligen Posten direkt an der Erdkruste versorgt. Denken wir an Trauma-Situationen wie Krieg, Naturkatastrophen und dergleichen. Manche erkennen nicht sofort, dass sie die Ebene des Lebens gewechselt haben."

Tomas wandte sich zum Tor – das **Nord-Tor**, welches vor uns in den Himmel emporragte.

„Und dieses Tor ist nun der Zutritt zum größten Teil unserer Stadt der Hoffnung!", sagte er mit einem gewissen Stolz in der Stimme. „Ich bin glücklich hier zu wohnen, zu arbeiten und ein Teil dieser Gemeinschaft zu sein. Auch bei mir war es nicht immer so. Ich musste ebenfalls einen schwierigen und lehrreichen Weg zurücklegen. Die Aufwachstation und das Domizil, die du kennst, sind von der eigentlichen Stadt umgeben, jedoch abgesondert, damit die Ankommenden sich langsam an das neue Leben gewöhnen. Unsere Stadt ist wunderschön! Am besten überzeugst du dich selbst."

Er machte eine Handbewegung, und der massive Koloss öffnete sich.

50

„Ab heute wirst du dieses **Nord-Tor** passieren können, wann immer du magst. Bewege deine Hände so, wie ich es dir zeige, und das Tor wird sich öffnen."

Ich versuchte, aber nichts geschah. Ich war zu aufgeregt, um die Anweisungen zu befolgen. Meine Hände zitterten unkontrolliert.

„Du musst auch daran glauben, dass du die Kraft hast, dieses Tor zu öffnen", sagte er und rückte meine Hände in die richtige Position.

Konzentriert versuchte ich meinen Willen zu bündeln. Das Domizil war nur eine Zwischenstation meines neuen Lebens, um in Esperanza anzukommen.

Das gewaltige Tor öffnete sich.

Wir kamen direkt in einem Park an. Ich sah viele Menschen und es herrschte ein reger Betrieb. Einige saßen auf Bänken und unterhielten sich, andere spazierten mit Büchern in den Händen und lernten, wieder andere lagen auf dem Rasen, der sich wie ein grüner Teppich vor uns ausbreitete. Bäume, Blumen, Menschen, Gebäude, Transportmittel sahen so aus wie auf der Erde, aber doch etwas anders. Die Farben waren leuchtender und durchsichtiger und die Wege beschildert. Die Schilder zeigten die Richtung zum Haus der Jugend, zur Bibliothek, zum Museum, zur Kunstakademie, zur Verwaltung.

„Konzentriere dich auf die Schreinerwerkstatt, wo du demnächst hin musst", sagte Tomas, „und beobachte, was mit den Schildern passiert."

Ich konzentrierte mich darauf und sah, wie sich das Schild drehte und mir die Richtung zeigte. Erstaunt, sah ich Tomas an. „Ah, jetzt verstehe ich warum Nair schmunzelte, als ich sie fragte, ob ich mich nicht verlaufen würde", sagte ich beeindruckt, überwältigt und voller neugieriger Freude Tomas und Gabriel schauten mich erleichtert an. Der Versuch schien geglückt zu sein. „Gehen wir doch noch ein wenig spazieren", sagte Gabriel.

„Aber dann kehren wir ins Domizil zurück, denn der Tag war anstrengend genug für Günther", entgegnete Tomas.

Am Abend bedankte ich mich beim Schöpfer für diese Erfahrung und für alle Möglichkeiten, die uns geboten werden. Ich dachte an meine Frau und wünschte, ich könnte meine Erfahrungen mit ihr teilen. .

Die Bewohner von Esperanza scheinen zu schweben. Durch die fließende Bewegung, erreichen sie eine mir, bis dahin nicht bekannte Leichtigkeit, und schweben tatsächlich ein paar Zentimeter über der Oberfläche. Dadurch können sie schneller und müheloser große Entfernungen zurücklegen. Allerdings nicht in der Geschwindigkeit der Gedanken. Dies ist bei höher entwickelten Bewohnern der Fall. Sie haben eine ganz andere Körperstruktur, als die

52

sogenannten Neulinge. Alle tragen sehr ähnliche Gewänder. Dies liegt an der Tatsache, dass wir gleich wertvoll und geschätzt sind. Der Unterschied liegt in der Färbung. Auf den ersten Blick sind die Gewänder weiß, doch sie schimmern in verschiedenen Farben. Rot oder dunkelgrün tragen die Neuen. Mit dem individuellen Fortschritt schimmert das Gewand eher gelblich, bläulich oder violett. Ein rein weißes Gewand tragen einige Lehrer, Betreuer und die Verwalter der Stadt. Dieser Unterschied ist notwendig, hauptsächlich damit jeder weiß wem er Hilfe anbieten oder an wem er sich wenden kann

Die gesellschaftliche und soziale Trennung, die in meinen irdischen Leben herrschte, gibt es hier nicht. Alle leisten wertvolle Arbeit. Der Fokus unseres Lernprozesses liegt darin bewusst den Sinn des Lebens, das Universum und seine tragende und zusammenhaltende Kraft, sowie seine physischen und geistigen Gesetze zu erfassen.

Am Abend versammeln sich viele im Park und lassen sich vom Sternehimmel bezaubern. Irgendwann halten sich alle an den Händen ohne ein einziges Wort zu sagen und ohne Aufsehen zu erregen. So danken sie dem Universum und seiner schöpferischen Macht für das schöne Leben in Freiheit und Glückseligkeit.

Auch wenn ich meinen materiellen Körper, wie ich ihn auf der Erde spürte, nicht mehr spüre, empfinde ich noch Scham, Eitelkeit, Stolz und arbeite daran, diese freiheitsberaubenden Empfindungen abzuschwächen. Dagegen wachsen stetig das Gefühl der Reue und die Herzlichkeit.

Ankunft in Esperanza

Ein paar Tage nutzte ich die freie Zeit, um mich in der Stadt sicher zu bewegen, bis Nair mir die frohe Botschaft überbrachte, dass ich die Arbeit in der Schreinerei aufnehmen konnte.

Tags darauf holten mich Tomas und Gabriel ab. Sie begleiteten mich, als ich mich von Rique, Lisa und den anderen verabschiedete. Sie waren mir ans Herz gewachsen, da sie mich durch die schwere Zeit der Eingewöhnung liebevoll begleitet hatten. Treffen würden wir uns sicherlich öfter. Ich war mir sicher, dass sie mich weiterhin unterstützen und aufbauen würden, wenn mich die Sorgen und der Kummer ergriffen.

In Esperanza liegen die Werkstätten am Rande der Stadt, so auch die Kinderheime und die Wohnsiedlungen. Ich wohne heute immer noch in der dritten Wohneinheit auf der rechten Seite, neben dem großen Baum. Mein Wohnblock liegt auf einer kleinen Anhöhe. Alle Wohneinheiten sind aneinander gereiht und haben, nach hinten hinaus, die gleiche Terrasse wie die im Domizil. Die Häuschen sind weiß. Die hellblauen Türen und Fenster verlaufen nach oben in einen Bogen; die Dächer sind gewölbt. Es gibt keine Ecken oder Kanten. Dadurch fließt die Energie besser, wurde mir erklärt.

Durch den gemeinsamen Garten ist es einfach, sich kennenzulernen. An manchen Tagen spielen die Bewohner Fußball, andere machen Musik, Gruppen versammeln sich, um die Zeit miteinander zu verbringen. Frauen tauschen sich aus, Kinder spielen auf der Wiese – nicht anders, als an einem Sonntag auf der Erde. Oft habe ich mich daran erinnert wie die Familie die Sonntage verbrachte. Lange ist es her.

In Esperanza – Stadt der Hoffnung – werden überall Lesungen, Konzerte und Theaterstücke angeboten. Jeder kann sich aktiv oder passiv daran beteiligen. Betreuer und Lehrer geben sich große Mühe, unser hiesiges Leben so angenehm wie möglich zu gestalten. Doch es gibt auch diejenigen, die alles ablehnen und sich nicht integrieren.

Meine Wohnung teile ich mit Mauricio, der im Kinderheim arbeitet und Antonio. Dieser ist in der Kunstwerkstat tätig. Beide sind sehr freundlich und bemühten sich, unsere Gemeinschaft so angenehm wie möglich zu gestalten. Die Wohneinheit ist geräumig. Jeder hat sein eigenes Zimmer, welches nach eigenem Geschmack eingerichtet werden kann.

56

Als ich damals hier einzog, war mein Zimmer leer.

„Wie möchtest du es einrichten? Welche Farbe sollen die Wände haben? Welche Möbel stellst du dir vor?", fragte mich Mauricio. „Du kannst alles nach deinem Wunsch gestalten", sagte er.

Antonio, der ruhigere, zog Mauricio am Arm. „Am besten lassen wir ihn einen Moment allein, damit er sich überhaupt vorstellen kann, was er möchte und sich hier heimisch und wohl fühlen kann", sagte er und ging mit ihm hinaus.

Ich schaute mich um und stellte mir das Bett vor, zudem ein kleines Bücherregal, einen Tisch und einen bequemen Sessel. Ein Spiegel durfte nicht fehlen. Der Spiegel war für mich weiterhin wichtig, um mich und meine Verwandlung zu erkennen. Als das Zimmer in meiner Vorstellung eingerichtet war, ging ich zu den anderen, die auf der Terrasse warteten.

„Wir werden uns sehr gut verstehen", sagte Antonio und strecke mir ein Glas entgegen. „Stoßen wir auf unsere Freundschaft an!"

Ich war noch etwas schüchtern und gespannt auf die Zukunft, auf eine Zukunft mit den beiden, in der Schreinerei, in Esperanza.

Vor uns im Park, den ich von der Terrasse aus gut sehen konnte, wurde Musik gespielt. Mehreren Gruppen übten für das kommende Fest. Mauricio erklärte, dass dieses Fest – das große Fest der Liebe –

57

regelmäßig stattfindet. Viele Bewohner sind in irgendeiner Form daran beteiligt.

Eine Gruppe übte gerade ein schönes Stück, was uns einlud, hin zu gehen und zu lauschen. Wieder erlebte ich einen Tag voller neuer Eindrücke. Ich war überwältigt und überrascht, wie einfach und angenehm das Leben sein kann.

Am Abend, als ich mein Zimmer betrat, staunte ich über die Einrichtung. Alles war da, genauso, wie ich es mir vorgestellt hatte.

„Wie ist das möglich?", fragte ich verwundert.

„Gedankenenergie, mein Lieber!", antworteten beide zugleich.

Die Nacht war etwas unruhig, denn am nächsten Morgen erwartete mich mein erster Arbeitstag.

Nair und sechs Kollegen warteten am Eingang und kamen auf mich zu, um mich zu begrüßen. „Herzlich willkommen!", riefen sie fast gleichzeitig im Chor.

Wir gingen hinein, und nachdem die anderen ihre Arbeitsplätze erreicht hatten, schlug Nair einen Rundgang vor, um mich mit meiner neuen Arbeitsstelle vertraut zu machen

In der Schreinerei werden Möbel aus Holz ähnlicher Materie gebaut und repariert. Wie dieses Material hergestellt wird oder woher es kommt, war mir damals nicht bekannt. Heute weiß ich, dass es aus Gebieten kommt, die auf die Herstellung dieser

Holzmaterie spezialisiert sind. Diese Materie sieht aus wie Holz, fühlt sich an wie Holz, ist aber, wie alles hier, keine feste Materie.

Die Schreinerei ist der Kunstwerkstatt angegliedert. Dort wird diese Holzmaterie zu wunderschönen Skulpturen geformt, die im Fest der Liebe ausgestellt werden. Wer sich frei und künstlerisch betätigen will, kann dort seiner Kreativität Ausdruck verleihen. Auch die Künstler erfüllen ihre Verpflichtung zu Gunsten der Allgemeinheit, indem sie nicht nur ihre Kunstwerke und Installationen ausstellen, sondern an ihrem individuellen Fortschritt und ihrer Ausgeglichenheit arbeiten.

Der Rundgang war sehr beeindruckend.

„Gelegentlich kommen Kinder aus dem Kinderheim zu uns", sagte Nair. „Wir zeigen und erklären ihnen, was sie wissen wollen. Zum Schluss dürften sie mit der Holzmaterie spielen."

Ich dachte einen Augenblick daran, dass ich hier noch keine Kinder gesehen hatte. Diese Information verblüffte mich. „Warum Kinder?", fragte ich sie. „Ich dachte, nur Erwachsene werden nach Esperanza gebracht."

„Ich verstehe, dass dir diese Tatsache seltsam vorkommt", antwortete Nair, „aber du wirst alles noch besser begreifen, wenn wir den Kindergarten besuchen. Bist du bereit dafür?"

„Ich vermute ja", sagte ich.

59

„Kinder verlassen ihren materiellen Körper viel leichter als die Erwachsenen. Sie haben keine Berührungsängste und keine Vorbehalte. Sie sind offen und neugierig, auch wenn sie unsere geistige Realitätswelt verlassen, um sich auf ein neues, materieles Leben einzulassen. Vor allem, erinnern sie sich sehr gut daran, woher sie kommen. Oft erzählen sie ihren irdischen Eltern, dass sie vorher in einer anderen Welt gelebt haben und berichten über Details aus dieser Welt. Die meisten Eltern glauben aber nicht daran. Sie staunen über die Phantasie ihrer Kinder aber verbieten ihnen darüber zu sprechen. So werden ihre Erinnerungen unterdrückt, bis sie vollkommen verblassen. Daher können sich die wenigsten Erwachsenen an ihre geistige Heimat erinnern. "

Ich konnte mein eigenes Verhalten gut wieder erkennen. Vielleicht würde ich hier wirklich die Gelegenheit bekommen, mich zu verändern, anders zu denken, anderes zu handeln, aber hauptsächlich wollte ich mich anders fühlen.

„Sicherlich würde ich das, was geschehen war, nicht ungeschehen machen", sagte ich mir und hoffte sehr, mich von meinen Schuldgefühlen befreien zu können und aus Einsicht und Erkenntnis, ein neues Leben beginnen.

Ich musste an meine irdischen Enkelkinder denken und erinnerte mich, dass ich auch als Großvater viel versäumt hatte.

„Die Umstände aus einem anderen Blickwinkel zu betrachten, kann heilsam sein", sagte Nair fast lautlos.

Versunken im tosenden Meer meiner Gedanken, begleitete ich Nair zum Ausgang, alles um mich herum übersehend.

„Es war ein anstrengender Tag", sagte sie. „Morgen sehen wir uns hier, bei Arbeitsbeginn". Sie reichte mir ihre Hand und verabschiedete sich.

Aufgewühlt von den Eindrücken lief ich langsam zu meiner Unterkunft zurück. „Ist das der Grund warum ich hier bin?", fragte ich mich, „Um meine Existenz zu begreifen? Zu erkennen, was Leben bedeutet? Zu erkennen, warum ich unglücklich war und die Menschen um mich von ihrem eigenen Glück abhielt?"

Die Nacht war alles andere als entspannt. Meine Träume führten mich in mein früheres Leben. Ich wanderte durch die Straßen, stand vor dem Haus, im dem ich gewohnt hatte. Mutlos hineinzugehen, stellte ich mir vor wie meine Frau hinter den Wänden schlief. Ich ging zu dem Ort, an dem mich das grelle Licht überwältigt und nach Esperanza transportiert hatte. Ich setzte mich an dem Straßenrand und weinte.

Die Arbeit in der Schreinerei machte mir Freude. Ich wurde für die Feinarbeit eingeteilt. Es war eine Tätigkeit, die mir lag. Sie gab mir Raum über mein früheres Leben nachzudenken und meinen nächtlichen Wanderungen einen Sinn zu geben. Ich konnte das Erlebte, wie ein Zuschauer betrachten – nüchtern, fast unbeteiligt und folglich, neue Einsichten gewinnen.

Jeder Tag und jede Nacht schenkten mir neue Erkenntnisse und regten mich an, nach verdrängten Gefühlen zu suchen– auch wenn es schmerzte. Ich begriff, dass es nicht nur eine Welt gibt, sondern viele Welten, viele Realitäten und so auch, dass es viele Wahrheiten gibt, je nachdem aus welcher Perspektive sie betrachtet werden.

Eines Tages kamen die Kinder aus dem Kinderheim zu uns in die Schreinerei. Sie waren neugierig und quirlig, wie kleine Kinder meistens sind. Nur ein kleiner, blonder Junge hielt sich sehr zurück. Als alle anderen sich verteilten, kam er angerannt, klammerte sich an mein Bein und versteckte sich dahinter. Er fürchtete sich. Ich spürte wie sein kleiner Körper zitterte. Behutsam nahm ich ihn auf, setzte mich etwas abseits vom Geschehen, hielt ihn auf meinen Knien und flüsterte ermutigende Worte in sein kleines Ohr. Er schmiegte sich an meine Brust, schloss die Augen und schien den Moment zu genießen. Augenblicklich erinnerte ich mich an meine Zeit in der Aufwachstation und an die wohltuende Energie, die ich von dem Pfleger bekam. Nachahmend legte ich eine Hand über die kleine Brust des Kindes und drückte es am mich. „Wenn es doch eine größere Macht gibt, die das ganze Universum zusammenhält und neu gestaltet", dachte ich, „und wenn diese Kraft den schönsten Planeten im Universum – unsere Erde, kreiert hat; und wenn es diese Kraft war, die mich hierher versetzt hat, dann muss sie unweigerlich eine Macht der Fürsorge und Liebe sein, die uns nicht allein lässt." In diesem Moment, spürte ich wie winzige Lichtpartikel durch meinen Körper wanderten, sich an meiner Handfläche bündelten, um in einem Strahl den kleinen Körper zu durchfluten, der zu schlafen schien. Ein paar Sekunden später sprang der Kleine herunter und spielte mit den anderen.

Nair kam und setzte sich zu mir. Eine ganze Weile schauten wir amüsiert zu, wie die Kinder spielten. Sie legte den Arm um meine Schulter und sagte mit ruhiger Stimme:

„Das, was wir jetzt erleben, ist der wahre Frieden. Jeder spielt für sich, ist ein eigenständiges individuelles Wesen. Ohne gegenseitige Einschränkung kann sich die Individualität frei entfalten und doch ist jeder ein Teil der Gemeinschaft. Ähnlich wie ein Puzzle, das kein vollkommenes Gefüge ist, wenn ein winziges Teilchen fehlt."

„Das klingt gut", erwiderte ich nachdenklich.

Das Kinderheim

Anfangs wunderte ich mich über die Existenz eines Kinderheimes in Esperanza. Hier ist Kinderheim etwas anderes als das, was ich aus meinem früheren Leben kannte. Die Kinder entscheiden selbst, wann sie es verlassen wollen.

„Hier verbringen die Kinder die erste Zeit, nach ihrer Ankunft", erklärte Carla, die Verantwortliche für das Kinderheim. „Wenn sie sich zu Jugendlichen entfaltet haben, verlassen sie das Kinderheim, um in einer anderen Einrichtung oder in einer Familie ihren Entwicklungsprozess fortzuführen. Die Zeit, die sie in dem Kinderheim verbringen, hängt von ihrer Bewusstseinsentwicklung ab. Manche verwandeln sich schneller, andere langsamer, ihrer Reife entsprechend."

„Jetzt verstehe ich", sagte ich. „Ein Mensch verlässt seine materielle Hülle in allen Stadien seiner körperlichen Reife, so auch als Fötus oder Säugling, mit nur ein paar Tagen oder Monaten. Wenn er hier ankommt, muss er sich erst wieder besinnen, dass er ein geistiges Wesen ist. Als geistiges Wesen hat er schon viele Leben gelebt. Er ist ein *erwachsener* Geist auch wenn er seine materielle Hülle als Säugling verlassen hat."

„Das ist richtig", sagte Carla. „Hast du schon über den Tod nachgedacht? Was ist der Tod? Sind wir tot oder lebendig?", fragte sie mich.

Diese Fragen überraschten mich. Ich war perplex und wusste nichts zu sagen. Natürlich wurde ich in meinem früheren Leben mit dem Tod und mit der Lücke, die er hinterlässt konfrontiert. In dem Augenblick erinnerte ich mich an meinen Vater, der vom Krieg nicht zurückkam. Und auch an Mutter, herzkrank seit dem fünften Lebensjahr. Sie kämpfte uns Leben, bis ihre Kinder groß genug waren, um allein zu recht zu kommen. Erst dann konnte sie sich befreien und sterben. „Bin ich tot?", fragte ich mich. „Unmöglich, denn ich lebe weiter, freier und zufriedener als je zuvor. Aber die Familie fehlt mir manchmal noch. Den Tod kannte ich als etwas Endgültiges."

„Wir müssen bedenken, dass der Geist sich bereits vor seiner irdischen Geburt mit dem Körper verbindet", fuhr Nair mit ihrer Erklärung fort, ohne eine Antwort von mit zu erwarten. "Er gestaltet seinen materiellen Körper von Beginn an, also ab der Empfängnis. Im Grunde ist er schon lange vorher damit beschäftigt die passenden Eltern und den pas-

65

senden Zeitpunkt seiner Wiederkehr einzuleiten. Diese Entscheidung trifft er im Allgemeinen nicht alleine. Es ist eine Absprache zwischen allen Beteiligten, wie der Beispiel deiner irdischen Eltern zeigt."

„Was ist jetzt mit meinen Eltern?", fragte ich gespannt.

„Sie haben sich entschieden als Mutter und Kind ein neues Leben gemeinsam zu verbringen. Das neue Leben gibt deiner Mutter die Möglichkeit, deinem Vater all ihre Fürsorge zu schenken, was ihr durch den Krieg verwehrt wurde. Sie wird ihn als eines ihrer Kinder empfangen", sagte sie und umarmte mich.

Ungebändigt rollten die Tränen über meine Wangen. Sie minderten den gewaltigen Druck in mir, der sich zusehends auflöste, je heftiger sie rollten. Ich brauchte eine Weile, um mich zu fangen.

„Wir sollten begreifen, dass das gegenwärtige Leben die Vorbereitung auf das kommende ist, unabhängig von der Ebene, in der es stattfindet", sagte sie sanft. „Die Menschen haben nicht nur ein einziges Kleid. Sie haben viele, für jeden Anlass eine passende Robe. Jedes einzelne lässt sie anders fühlen und birgt Erwartungen auf neue Erfahrungen. Das gleiche erleben wir durch die vielen Existenzen und durch die verschiedenen Charaktere, die wir annehmen. Entsprechend gestalten wir unser geistiges, ewiges Bewusstsein und kommen unserer Einzigartigkeit immer näher."

„Also, wenn ein Mensch schon viele Leben gelebt hat, muss er eigentlich im Besitz eines erwachsenen, eines fortgeschrittenen geistigen Bewusstseins sein", kommentierte ich. „Warum kommt dieses *erwachsene Bewusstsein* in der Gestalt eines Kindes oder gar eines Säuglings in Esperanza an und nicht in der eines Erwachsenen?", fragte ich gänzlich verwirrt.

„Es ist richtig, dass das geistige Bewusstsein ein *altes* Wesen ist, welches etliche Leben gelebt hat", erklärte sie. „Wenn das Leben auf der Erde verlassen wird, bleiben die körperlichen, von der Materie verursachten Empfindungen in dem geistigen Bewusstsein bestehen, bis der geistige Mensch sich davon befreien kann. Dies bedeutet, dass das von der materiellen Welt entkoppeltes geistige Wesen nicht sofort im Stande ist zu erkennen, dass es sich auf der geistigen Ebene befindet."

„Und wie lange braucht der Mensch, um zu erkennen, dass er sich verändert hat und in ein anderes Leben übergegangen ist?", fragte ich.

Ohne nachdenken zu müssen, antwortete sie: „Er empfindet, als wäre er nach wie vor im materiellen Körper, mit allen Belastungen, die er vor der Entmaterialisierung hatte. Die Hilfeleistung der geistigen Geschwisterschaft ist in diesem Fall unermesslich! Durch ihre Hilfe wird ihm gestattet, gemäß seinem Können, sich vom alten Leben zu verabschieden."

„Und warum wusste ich nichts davon? Warum wurde ich nicht vorbereitet?", fragte ich mich. Meine gerade wieder in eine gewisse Ordnung gerückten Gedanken wurden erneut durchgeschüttelt und aufgewühlt. Sie liefen ziellos auf und ab und drehten sich im Kreis wie ich selbst. Eigentlich wollte ich weglaufen.

„Beruhige dich", antwortete Carla auf meine nicht wörtlich gestellten Fragen. „Du wirst alles erfahren. Ich sage *erfahren*, weil Wissen ohne Umsetzung und Verinnerlichung vergänglich ist wie der materielle Körper. Was im geistigen Bewusstsein gespeichert wird, sind Erfahrungen, denn sie verursachen Empfindungen und Gefühle. Hier wird dir nichts verborgen bleiben. Hab Geduld", sagte sie.

„Bitte, sag mir nur, warum ich unvorbereitet vom grellen Licht überrascht wurde?"

„Manchmal ist es besser so", war ihre kurze Antwort.

Meine Aufregung verkürzte den Besuch. Ich wollte einfach nur weg. Entlang der Straßen von Esperanza dachte ich an den rächenden, den zornigen und den bestrafenden Gott, von dem meine frühere Glaubensgemeinschaft sprach. Auf die Nächstenliebe wurde hingewiesen, doch diese war utopisch, so wie der Friede auf Erden oder das Mitgefühl und die Freiheit. Hier ist es anders. Wir werden geachtet und geliebt und lernen wahrhaftig zu lieben, das heißt, wir lernen den anderen zu respektieren, ohne ihn

68

verbiegen zu wollen. Durch das Geschenk unserer Liebe und unseres Respektes, kann sich ein Fötus in ein paar Stunden zum Kleinkind entwickeln und ein Kleinkind zum Erwachsenen.

Das Leben in dieser Welt ist sehr dynamisch und unvergleichbar!

Lehrgang: Angstbewältigung

Ich lebe in einer Welt, von der die Menschen auf der Erde wenig wissen oder wissen wollen. Sie führen die sogenannten *unerklärlichen* Geschehnisse aus ihrem Leben auf die Gunst des Zufalls zurück, ohne sich damit auseinanderzusetzen. Das musste auch ich erst erkennen.

Tag für Tag lernte ich – und lerne immer noch – mein früheres Leben zu verstehen. Tag für Tag musste ich feststellen, wie viel Wert ich auf Unwichtiges legte und wie viel Wertvolles ich versäumt habe. Durch meinen selbstauferlegten Starrsinn aus festgefahrenen Ansichten, hoffte ich, die Kontrolle über mich selbst nicht vollkommen zu verlieren. Festgefahren verharrte ich regungslos im Treibsand aus schlechten Erfahrungen und Ängsten, die mich bis hierher begleiteten.

Eines Abends, nach meinem Dienst in der Werkstatt, fand ich einen Brief auf dem Tisch – eine Einladung. Es handelte sich um einen Lehrgang zum

Thema Angstbewältigung. Ich wunderte mich darüber, denn schon länger waren meine Ängste nicht mehr vordergründig, so dass ich sie nicht ständig spürte. Durch das geregelte und vertraute Leben und das Gefühl, hier gut aufgehoben zu sein, wurden sie aufgelöst – meinte ich.

„Ich glaube, ich habe meine Ängste im Griff", sprach ich Nair am nächsten Morgen an, „und meine, dieser Lehrgang ist überflüssig geworden."

„Genau deswegen ist jetzt der passende Zeitpunkt daran zu arbeiten.", antwortete sie. „Die Ängste stehen nicht mehr im Vordergrund. Sie befinden sich außerhalb deines Empfindens, aber noch existieren sie. Jetzt kannst du sie anschauen, verarbeiten, verstehen und in positive, bewegende Kraft umwandeln.

Ängste sind ein Fremdkörper, wie ein Stein im Schuh, der Verletzung und Schmerz verursacht, solange er nicht entfernt wird. Nur ohne den verletzenden Stein können die Wunden heilen."

Mein erster Gedanke war Ablehnung. „Was sollt ich dort?", fragte ich mich. Ich war sehr zufrieden und glücklich mit der Arbeit in der Schreinerei. Mehr brauchte ich nicht. Es war doch alles gut. Warum sollte ich etwas daran ändern, fragte ich mich.

„Überlege es dir doch noch einmal", antwortete sie. „Eine Sache ist, die Ängste nicht mehr zu spüren; eine ganz andere, sie zu verstehen und zu verändern." Sie umarmte mich kurz und ging.

71

Ich ahnte, dass der Lehrgang eine weit größere Bedeutung haben musste, als die, die ich mir vorgestellt hatte. So auffordernd hatte ich Nair noch nicht erlebt. Es waren nicht die Worte, sondern die darin enthaltene Energie, die mich animierte, meine spontane Ablehnung zu revidieren. Auch wenn ich keine Angst verspürte, wurde es mir bewusst, dass sie sich nur versteckte, um mich irgendwann zu überwältigen. Davor wollte ich mich schützen. Der Gedanke an den Lehrgang entwickelte sich zu einer Option und langsam freute ich mich darauf. Nicht zufällig trug er die Überschrift: *Angstbewältigung*.

Das Bildungszentrum liegt direkt im Zentrum der Kolonie, neben der Bibliothek. Es ist ein Gebäudekomplex mit vielen Räumen – kleine und größere, in denen verschiedene Lehrgänge und Vorträge stattfinden. Die Themen sind an die Bedürfnisse der Bewohner von Esperanza angepasst.

Für die Menschen aus meinem früheren Leben bedeutete Bildung in erster Linie Wissen. Wissen, welches darauf zielt, das Umfeld und die irdischen Ressourcen zu bezwingen und das Maximale aus ihnen und ihren Bewohnern heraus zu pressen. Es ging darum, die Menschen körperlich und geistig zu Werkzeugen zu formen und sie materiellen Mächten zunutze zu machen. Hier hingegen lernen wir, den Sinn unseres Daseins zu erkennen. Wir begreifen, wie wir funktionieren, wie wir entstanden und gestaltet sind, was uns aus dem Gleichgewicht bringt. Wir lernen, wie wir das Gleichgewicht wieder herstellen können, um in Harmonie mit uns, mit unseren Mitmenschen und mit dem Universum zu leben. Hier bedeutet Bildung Erkenntnis; in mein früheres Leben, bedeutete es Vorteil.

In der ersten Zeit in Esperanza war ich zurückhaltend, eher lethargisch. Durch Verständnis und liebevolle Behandlung erkannte ich, dass ohne mein Tun, ohne den Wunsch auf Veränderung, alles unverändert bleiben würde, auch wenn ich eine neue Chance zur Wiedergutmachung bekäme. Nun wollte ich an meinen Fortschritt arbeiten; ich wollte die Bremsen in meiner Seele verstehen und beseitigen.

Bis zum Bildungszentrum brauchte ich nur ein paar Minuten. Erst dann fielen mir die vielen Menschen auf, die hinein und hinaus gingen, auch wenn ich schon öfter daran vorbei gegangen war. Eine große Tafel im Eingangsbereich zeigte an, in welchem Raum welcher Kurs stattfand.

Plötzlich stand ich vor der Tür mit der Aufschrift: „Angstbewältigung" und musste tief Luft holen.

Fünfzehn Stühle standen in einem Halbkreis, ein einzelner stand in der Mitte. Zwei Teilnehmer unterhielten sich in der Nähe des Fensters. Als sie mich bemerkten, drehten sie sich um und begrüßten mich. Bald darauf kamen auch die anderen. Wir setzten uns und warteten gespannt auf den Dozenten. Mario, ein älterer Herr mit schneeweißem Haar und Dreitagebart, edel aussehend in seinem weißen Gewand, betrat den Raum. Er begrüßte uns, stellte sich vor und bat uns, das gleiche zu tun. Als die Vorstellungsrunde beendet war, bedankte er sich und wünschte uns eine erfolgreiche Zeit.

„Keiner von uns ist vollkommen. Im Gegenteil, wir sind unausgeglichen und angespannt. Uns mangelt es an Disziplin, an Selbstbewusstsein, an Bescheidenheit, an Eigenliebe. Dafür protzen wir mit einem Überfluss an Egoismus, Missachtung und Erwartungen. Die Auslöser von Disharmonien schleppen wir durch viele irdische Leben hindurch, wenn sie nicht verarbeitet und verändert werden."

Währenddessen bewegte er sich im Raum, ging auf und ab, ohne den Vortag zu unterbrechen.

„Die nicht aufgelösten Disharmonien im Leben in der Materie werden hier besprochen, angeschaut und von den meisten erkannt und verändert. Den Weg dahin erarbeiten wir gemeinsam."

„Ah, deshalb kommen wir nach Esperanza – die Stadt der Hoffnung", sagte ich mir.

Ohne den Vortrag zu unterbrechen, kam Mario zu mir herüber und gab mir einen Zettel mit den Worten: *Oder ihr werdet in einer ähnlichen Stadt aufgenommen.* Weiter unten stand: *behalte den Zettel für die Antworten auf deine Fragen.* Als ich meinen Blick zurück auf die ersten Zeilen lenkte, waren sie verschwunden.

„Selten treffen sich Menschen, um über Disharmonien zu sprechen. Die Spannungen in der Partnerschaft, in der Beziehung zu Angehörigen oder in einem anderen Bereich ihres Wirkens werden nach außen verdrängt und verheimlicht. Es ist auch ein großer Unterschied, wie sich Frauen oder Männer unterhalten. Frauen sprechen eher über ihre Belastungen als Männer", sagte er und gab einem anderen Teilnehmer einen Zettel, ohne vom Thema abzulenken.

„Männer wie Frauen lassen sich von der allgemeinen Meinung des äußeren Umfeldes leiten, verstellen sich, leben eine Illusion und nur äußerst selten, merken sie die Zeichen, die von ihrer Seele kommen. Oft verstellen sie sich und lassen nicht zu, dass ein anderer hinter die Kulissen blickt. Wer das erlaubt, schwächelt. So ist die Einstellung vieler Menschen auf der Erde. Was für ein Unsinn! Dadurch, dass die Seele Gefühle und Empfindungen speichert, werden sie bei jeder neuen Erfahrung in der Materie mitgenommen. Unser Vorhaben in diesem Lehrgang ist, der Seele Achtung zu schenken, die Liste der Konflikte und der Verdrängungen anzusehen und abzuarbeiten. Mit einem Wort ausdrückt: Veränderung!

Wenn wir erkennen, dass die Zeit des Jägers und Gejagten vorbei ist, dass wir alle gleich als Teil

75

der göttlichen Schöpfung sind, müssen wir auch erkennen, dass wir göttliche, schöpferische Wesen sind. Das heißt, wir erschaffen, wir kreieren, wir formen uns selbst und die Welt in der wir leben. Wenn wir die Ängste in uns in Verständnis, Güte und dann in Liebe umwandeln, verändern wir nicht nur uns selbst, sondern auch die Welt um uns, unabhängig von ihrer Ebene."

Nach kurzer Denkpause sagte er: „Machen wir eine kleine Unterbrechung, denn das Thema wirbelt doch viele Gedanken und Überlegungen auf."

Mir wurde bewusst wie Recht hatte. Wenig, verschwindend wenig hatte ich mich vorher damit auseinandergesetzt. Ich fragte mich, ob überhaupt jemand aus meinem irdischen Umfeld es jemals tat. Und was die Religionsgelehrten aus den verschiedenen Glaubensrichtungen betrifft, setzen sie sich damit auseinander? Sie lesen in ihren Schriften gleiche oder ähnliche Belehrungen, sie studieren sie, lernen sie auswendig, um sie dann, gemäß eigener Sinndeutung und zum eigenen Vorteil anzuwenden. Vor allem werden sie eingesetzt, um die uns angeborenen Ängste zu schüren und zu verstärken. Was für ein Widerspruch!

Nach der Pause wandte sich uns Mario erneut zu. „Ihr könnt eure Gedanken laut aussprechen. Wir alle haben gleiche oder ähnliche Erfahrung gemacht. Nur das Umfeld, die Kulisse, die Bühne, auf der wir spielten, war eine andere. Die Prägung ist wie eine Brandmarke auf unserer Seele geblieben. Deswegen befinden wir uns alle hier, in diesem Raum, in dieser Stadt. Das Thema des heutigen Tages zeigt, dass wir belastende und verdrängte Ängste in uns tragen, die angeschaut und bearbeitet werden wollen. "

Die Schulung fand an festgelegten Tagen und über einen längeren Zeitraum statt. Prompt konnte ich nicht abwarten, mich mit den anderen zu treffen und auszutauschen. Vor allem weil das, worüber wir sprachen, intensiv in uns arbeitete.

Immer wieder musste ich daran denken, wie es für mich gewesen war, als mein Vater nicht mehr aus dem Krieg kam. Der Versorger unserer Familie, der uns Sicherheit für Haus und Hof, fürs Leben und Überleben gab, war für immer fort. Auch wenn ich damals ein kleiner Junge war, spürte ich, wie eine dicke Nebeldecke der Unsicherheit über uns lag. Jeder nahm sie wahr, niemand sprach darüber. Zunächst konnte ich den kleinen Jungen nur andeutungsweise wahrnehmen, seine Gefühle verstehen, aber nicht fühlen. Im Laufe der Zeit und der Bewusstwerdung, spürte ich seine Angst, weinte mit ihm die Tränen, die er nicht zu weinen fähig gewesen war.

Die meisten Eltern denken, ein Zweijähriger spürt die Veränderung in solchen Fällen nicht. Was für eine Täuschung! Schon ein Fötus erlebt seine

77

Umgebung, die Gedanken seiner Mutter und speichert sie im Kern seines Wesens – in der Seele – als eigene Erfahrungen. Diese bleiben solange verborgen vorhanden und bestimmen sein Leben, bis er in der Lage ist, die gespeicherte Verdrängung anzuschauen, aufzulösen oder zu verändern.

Wie einfach wäre es gewesen, wenn die Familie sich zusammen getan und gesagt hätte „Wie du, haben auch wir Angst und sind unsicher. Wenn wir zusammenhalten und Gott vertrauen, fühlen wir uns stärker und können alles schaffen". Doch auch sie erkannten die verdrängten Ängste nicht.

Nun weiß ich, dass meine Mutter ihre Kraft aus den Strahlen des Himmels bekam. Vater konnte sich nicht dem großen Licht hingeben, nach seinem Tod und *in seiner Stadt der Hoffnung* verweilen und heilen – so wie ich es tat. Er blieb und bat seinen geistigen Abholer um Aufschub, denn er musste seine Familie aus der Krisensituation hinausführen. Nichts würde meinen Vater davon abbringen ins Licht zu gehen und die Familie ohne seine Hilfe zu hinterlassen. Er wusste, dass meine Mutter auf seinen Einfluss reagierte und war sich nicht sicher, ob sie die Botschaften der unsichtbaren Freunde genau so wahrnehmen würde. So blieb er. Als Menschenseele bzw. sein Geistkörper begleitete er uns, übermittelte meiner Mutter Richtungen, die wir einschlagen sollten und Menschen, die uns helfen würden.

78

Als wir auf dem Schiff nach Brasilien waren, verabschiedete er sich. In dem Augenblick als er ging, spürte ich, wie meine Ängste zurückkamen. Und wieder nahmen wir alles auf uns – die ganze Familie, ohne einen Wort darüber zu verlieren.

Dankbar bin ich für die erhaltene Möglichkeit, alles anschauen zu dürfen und Stück für Stück zu verstehen. Es gibt so viele Zusammenhänge und Verknüpfungen, die wir in einem Leben erleben, dass wir mehrere Stationen in der geistigen Welt brauchen, um sie zu erkennen und zu verwandeln. Uns wird nicht gleichzeitig alles offenbart, denn wir sind nicht imstande, es zu verinnerlichen.

Aus Angst vor dem, was andere Menschen denken könnten, habe ich vieles gegen meine göttliche Natur gemacht. Dies bereue ich heute zutiefst. Dazu kam die Furcht vor dem strafenden Gott, die ich in der Religion entdeckte. Ich wurde aggressiv, habe liebe Menschen verachtet. Sie hatten gesündigt und gegen den gepredigten Anstand verstoßen. Die Furcht vor der Sünde war die ständige Erinnerung an die Sünde selbst. Ein unaufhaltsamer Kreislauf. Mein Leben wurde immer verworrener und die ursprünglichen Ängste versanken im Geröll der Ereignisse.

Wie dankbar bin ich heute, dass mir die Möglichkeit der Wiedergutmachung gegeben wird. Wir sind weder unfehlbar noch vollkommene Wesen und müssen immer wieder ein neues Leben in der Mate-

79

rie eingehen, um unser wahres göttliche Wesen zu erkennen. Ängste, Schuldgefühle, fehlende Eigenliebe und andere Übel ziehen uns immer wieder ins irdische Leben zurück. Verändern wir diese, verändern wir uns, unsere Umgebung, die Erde, das Universum!

Ich befinde mich immer noch im Lernprozess zur Bewältigung meiner Ängste und andere Disharmonien. Das, was ich bisher geschafft habe, hat mir ermöglicht Hilfe anzunehmen, diese Schrift zu verfassen und die Hoffnung zu entfalten, meiner Familie etwas zu geben, was ich ihr während meines Lebens vorenthielt: Liebe und Verständnis.

In Esperanza entfaltete sich rasch mein Bewusstsein über den Sinn des Lebens. Seitdem steigerte sich mein Wunsch, meiner Familie Verständnis und Liebe zu schenken und ihnen gleichzeitig die Angst vor dem Tod, vor der Bestrafung Gottes und vor einem leidgeplagten Leben in der Hölle zu nehmen. Ich erkannte, dass diese Meinungen durch Menschen und Institutionen entstehen, die Macht und Knechtschaft lieben, aus Mangel an Verständnis oder verzerrter Wahrheit. Sie haben die Botschaften unserer vollkommenen Geistbrüder, wie zum Beispiel Jesu einer ist, nicht begriffen.

Der Lehrgang *Angstbewältigung* war das härteste, was ich bis dahin in meinem neuen Leben erfahren habe. Ich erkannte, wie schwer es uns doch fällt, belastendes Material anzuschauen, die Situationen zu durchleben, um das verdrängte Gefühl wieder zu entdecken. Einige Versuche wurden gestartet und abgebrochen. Oft behauptete ich, geheilt zu sein. Doch die uns in Esperanza umgebende Liebe und die Liebenden drängen nicht, sondern ermutigen uns, besser hinzuschauen. Die Erkenntnis, dass nichts uns das Leben nehmen kann, weil das Leben ewig ist, weil wir unendlich sind, ist eine der wichtigsten Lektionen, die ich bisher gelernt habe.

Dienst am Nächsten:
das Lazarett

Meine Antriebskraft war und ist der Wunsch, geistig zu wachsen und die mir gebotene Gelegenheiten dafür ausnahmslos zu nutzen. Die Erde braucht angstlose Menschen mit viel Gottvertrauen. Jede Seele, die erneut in ein materielles Leben eingeht, ist mit dieser Eigenschaft, ein Samen für den endgültigen Frieden.

Die Tragweite dieser Worte können nur erfasst werden, wenn wir uns von dem Wunsch befreien, im Mittelpunkt stehen zu wollen. Für die Menschen auf der Erde ist es wichtig, anderen zu zeigen, wie gut, wie klug, wie schön, wie reich, wie machtvoll sie sind. Hier, wo ich mich befinde, treten diese Eigenschaften nicht hervor, da das Milieu, in das wir eingetaucht sind, aus allumfassender Liebe besteht. Ich kann durchaus nachvollziehen, dass es für den Leser schwer ist, mit all seinen Sinnen diese Aussage zu erfassen, zumal die Liebe, von der ich spreche, gänzlich anders gefühlt wird. Wie eine Kaulquappe, die im Biotop Wasser lebt, eine Veränderung vollziehen muss, um als Frosch leben zu können, so verändern auch wir uns, wenn wir aus dem lieblosen Raum Erde in die gütige, geistige Ebene wechseln. Die anstrengende Anpassung müssen Frosch und Mensch ertragen. Nach der Verwandlung, ist es für den Frosch nicht anstrengend, im Sauerstoff gefüllten Raum zu leben, anstatt im Wasser. Für uns – in Esperanza ist es einfach, liebevoll zu werden, zumal wir von allumfassender Liebe umgeben sind.

Hier habe ich nicht nur erkannt, sondern auch verinnerlicht, dass alle Wesen im Universum göttlicher Natur sind. Sie streben das gleiche Ziel an – die Vollkommenheit ihrer Wesensart, auch wenn der eine zielorientierter als der andere daran arbeitet. Auf dem Weg zur Vervollkommnung müssen wir uns nicht nur von unseren Belastungen und belastenden Makeln befreien, sondern auch den Umgang mit göttlichen Gesetzen wie, zum Beispiel, die Solidarität, die Nächstenliebe, der freie Wille, das Mitgefühl lernen und in unser Leben integrieren. Dies kann nur geschehen, wenn wir unserem Nächsten mit Achtung begegnen, ihn wertschätzen und ihm unsere Hilfe anbieten, ohne ihn zu bedrängen. Nun, auch diese Erkenntnis musste ich in Esperanza erarbeiten.

Der hiesige *Dienst am Nächsten* ist im Grunde kein Dienst und keine Arbeit, womit man Ansehen oder Orden verdienen kann. Der hiesige *Dienst am Nächsten* ist eine Selbstverständlichkeit. Er ist wie das Atmen oder das Leben selbst.

Nach dem Lehrgang zur Angstbewältigung war meine Arbeit in der Schreinerwerkstatt nicht mehr zweckmäßig für meinen Lernprozess, denn die gewonnene Erkenntnis drängte, tatkräftig umgesetzt zu werden. Meine Ängste habe ich erkannt und Wege erwählt, sie in erbauende Gefühle umzuwandeln. Verständnis und Annahme für den, der ich damals war, für die Umstände, die mich so werden ließen, waren die schwierigsten Hürden. So kam es, dass der letzte Schulungstag in freudiger aber angespannter Erwartung begann.

Es war bekannt, dass jeder Teilnehmer in einen neuen Wirkungskreis eingeteilt werden würde – neue Aufgabe, neue Herausforderung. Auch wenn ich meine Ängste einigermaßen im Griff hatte, bedeutete es nicht, dass die neue Situation mich völlig unberührt ließ.

„Was erwartet mich dort? Bin ich überhaupt für die neue Arbeit geeignet?", fragte ich mich. Im nächsten Augenblick sagte ich mir: „Verfall bloß nicht in veraltete Muster! Wenn du gegenüber einer neuen Herausforderung stehst, dann ist es, weil du in der Lage bist, sie zu meistern."

84

„Ja, das sind schwierige Fragen, die du zu beantworten versuchst", sagte Mario, der plötzlich an meiner Seite stand.

„Manche Menschen können ihre Ängste während ihrer Kindheit klären, andere als Erwachsene, aber viele lösen sie nie auf."

Lächelnd überreichte er mir einen Umschlag mit der Aufschrift *Lazarett*. „Die Antwort findest du nur, wenn du dich neuen Situationen stellst. Das *Lazarett*", erklärte er, „ist eine Hilfsstation außerhalb von Esperanza. Für die Zeit deines dortigen Dienstes wirst du auch dort wohnen. Mauricio und Antonio werden dich begleiten."

Noch bevor ich etwas erwidern konnte, fügte er hinzu: „Wir haben dich schon angekündigt."

Manchmal müssen wir ins kalte Wasser geschubst werden, damit uns klar wird, dass wir doch schwimmen können, auch wenn wir selbst daran zweifeln. So kam es, dass Mauricio, Antonio und ich uns am Südtor von Esperanza, welches aus Esperanza hinaus führt, am zweiten Abend nach dem Abschluss trafen.

„Ich kann mich erinnern, dass keiner, der dieses Tor passiert, wieder hinein kommen kann", bemerkte ich nervös. „Das steigert meine Aufregung."

„Mach dir keine Sorgen, denn wir passierten dieses Tor schon mehrmals. Und wie du dich erinnern kannst, wurde dir auch gesagt: *nicht ohne Begleitung!* Stimmt's?"

Es stimmte. Damals wurde mir Esperanza – die Stadt der Hoffnung – gerade vorgestellt. Ich überlegte, wie lange es her sein könnte, wie lange ich im Domizil verbracht hatte und schließlich, wie lange ich schon hier lebte.

„Nun, bist du bereit?", fragte Mauricio. Augenblicklich verschwanden meine Gedanken. Die Beantwortung meiner Fragen musste verschoben werden. „Wie, bitte?", fragte ich.

„Bist du bereit durch das Tor zu gehen?", wiederholte Mauricio.

Das wusste ich nicht so genau. Zögern würde mir auch nicht helfen.

Wir besannen uns kurz auf den bevorstehenden Schritt, warfen gleichzeitig einen Blick auf die Stadt und passierten wortlos das Tor.

Die Welt außerhalb von Esperanza ist völlig anders. Mit dem Bewusstsein eines Erwachten konnte ich nun die Umgebung, in der ich mich befand bevor sich die Tore von Esperanza für mich öffneten, besser wahrnehmen. Ich erkannte das gelbliche Dämmerungslicht und die rötliche Erde. Kein Baum, kein Lebenszeichen. Ich erinnerte mich wieder an die Stimme meines Vaters, die mich regelrecht zum Licht getrieben hatte.

Heute weiß ich, wenn wir nicht fähig sind das Licht zu sehen – auch wenn wir vollkommen von Licht umgeben sind – meinen wir, im Schatten zu

86

wandern. So geschah es mir; so habe ich damals empfunden. Viele Menschen auf der Erde haben alles, um glücklich zu sein. Dennoch verfallen sie in die Trostlosigkeit fehlender Erkenntnis, so wie ich damals.

Antonio unterbrach die Stille. „Wir stocken trotzdem immer, so wie du jetzt, wenn wir dieses Tor passieren. Mit der Zeit gewöhnt man sich daran. Wir wissen, was uns erwartet und bereiten uns vor", sagte er fürsorglich. „Glaub mir, das nächste Mal wirst du ein besseres Gefühl haben."

„Werden wir oft hier durchgehen müssen?", fragte ich.

„Öfter als du dir vorstellen kannst."

Vor uns zeigte sich ein Weg, eine schmale Straße. Sie kam mir vor, als schwebte sie über der Landschaft. Die schmale Gerade endete in einem Punkt am Horizont. Alles befand sich in einem Licht zwischen Tag und Nacht; nur der Weg strahlte. Wortlos schritten wir nebeneinander und bewunderten den Sternehimmel, der sich wie eine Decke über uns ausbreitete. Still dachten wir an die Bewohner dieser leuchtenden Punkte. Vielleicht Menschen wie wir.

Als die Sterne immer spärlicher wurden und im Tageslicht verblassten, nahm ich die Umrisse eines Gebäudes wahr – einer Festung mitten im Nichts – das *Lazarett*. Erst als wir näher kamen, konnte ich seine Größe erkennen. Der ganze Bereich zwischen seine Mauern war von einer durchsichtigen Kuppel bedeckt. Wir standen ein paar Sekunden lang vor dem einzigen Tor, bis es sich automatisch öffnete. Drei Mitarbeiterinnen kamen uns entgegen. „Wir haben euch schon erwartet! Kommt herein", begrüßte uns die quirligste der drei Frauen. „Wie war die Reise?", fragte sie und streckte mir die Hand entgegen. „Ich bin Sofia! Du musst Günther sein. Seid herzlich willkommen!"

Ana und Maria stellten sich ebenfalls vor. Sie umarmten Mauricio und Antonio so herzlich, dass ich ein wenig neidisch wurde.

Maria lächelte. „Folgt mir", sagte sie und ging voraus. „Ich zeige euch das Wohnheim."

Unter der durchsichtigen Kuppel verteilten sich die Gebäude rechts und links der Hauptstraße. Das Wohnheim für das *Personal* befand sich am Ende der Straße, hinter einer Mauer. Sie führte uns dorthin, gab uns unser Passwort, sozusagen den Schlüssel zum Durchgang, und zeigte uns unsere Unterkunft: ein kleines und spärlich eingerichtetes Zimmer. Doch die Terrasse, wie überall in Esperanza, konnte nicht fehlen. Schon wusste ich, wo ich mich entspannen würde.

Am nächsten Morgen erfuhr ich, dass dieser Ort zum Einzugsgebiet von Esperanza gehört, trotz der großen Entfernung. Zunächst wurden mir die Gebäude in der Nähe des Wohnbereiches gezeigt.

88

Rechts für Frauen und Mädchen, links für Männer und Jungen, doch Erwachsene und Kinder getrennt.

„In dieser Einheit befinden sich die Menschen, die stabil genug sind, um in die Aufwachstation von Esperanza umsiedeln zu können", erklärte Sofia. „Sie bleiben solange hier, bis die Aufwachstation sie aufnehmen kann. Sie wird von uns *die Letzte* genannt."

Ich wollte gerade fragen, wie die Menschen den langen Weg nach Esperanza bewältigen können, da gab mir Sofia gleich die Antwort.

„Die Reise dorthin überstehen sie ohne Schwierigkeiten. Sie werden mit der Schwebebahn befördert, die ausschließlich für den Krankentransport eingesetzt wird."

Wir gingen zum mittleren Gebäudekomplex. „Diese Station ist für Menschenseelen bestimmt, die aus der Erstehilfestation kommen, deren Zustand kritisch und ihre Betreuung intensiv ist", erklärte Sofia „Die Erstehilfestation liegt direkt am Eingang. Wie der Name schon sagt, dort wird auch Erstehilfe für die Ankommenden geleistet."

Ich sah mich um und war überrascht. „Wie lange muss jemand hier bleiben, bis er in Esperanza aufgenommen werden kann?", fragte ich.

„Die Menschen sind sehr unterschiedlich in ihrer Auffassung über den Sinn ihres Lebens und dem Leben danach", sagte sie. „Erst wenn sie bereit sind, ihr neues – eigentlich ihr wahres, altes, sehr altes Leben anzuerkennen, kann ihnen geholfen werden."

Während ihrer Antwort, spürte ich eine unerklärliche Aufregung im Bauch kribbeln. Etwas in mir sprudelte aus der Tiefe in Richtung Verstand, blieb aber irgendwo dazwischen stecken. Wieder einmal war der Zeitpunkt für persönliche Einsichten nicht angebracht.

„Die Erstehilfestation ist somit die schwierigste. Sie fordert großen Einsatz von uns. Hier werden Mauricio und Antonio eingesetzt, da sie durch ihre unzähligen Einsätze mit der Arbeit vertraut sind", erklärte Sofia. „Du wirst zunächst in der letzten Station eingesetzt. Dort werden stabile Patienten untergebracht, die bald nach Esperanza umsiedeln können", fügte sie hinzu.

Das Lazarett: *die Letzte*

Maria, die Leiterin von *die Letzte*, hat mich eingewiesen. Von ihr sollte ich alles lernen, um meinen Dienst so gut wie möglich zu leisten. Immer wieder sagte sie mir: „Vom Leichteren zum Schwierigsten, wie alles in Esperanza."

Unzählige Betten reihten sich links und rechts auf. Jeder Patient hatte einen Betreuer an seiner Seite und wurde niemals allein gelassen. Wenn der Betreuer eine Pause brauchte oder sich entfernen musste, kam ein anderer. Die Räume waren hell und das Licht angenehm. Maria bat mich sie zu ihrer Patientin zu begleiten. Die Frau hatte eine bläuliche Hautfärbung. Dunkle Ränder umrahmten ihre Augen und sie war sehr verkrampft. Von Zeit zu Zeit weinte sie, rief einen Namen, bäumte sich auf. Ich konnte ihr Leiden spüren. Maria stellte sich ans Kopfende des Bettes, legte ihre Hände über den Kopf der Frau, bis sie sich beruhigte. In diesem Moment sah ich Lichtperlen aus Marias Handflächen strömen. Sie verteilten sich auf den Körper der Frau und platzten wie Seifenblasen. Verzaubert vor diesem Wunder stand ich sprachlos da.

„Du hast ihr beruhigende Gedanken gesendet und ihr erzählt, was geschehen ist und wo sie sich befindet, nicht wahr?", sagte ich plötzlich und war selber über meine Feststellung überrascht.

„Genau", sagte sie. „Und die Feststellung, dass du es wahrgenommen hast, überrascht dich jetzt."

Ich erkannte, dass ich etwas Wichtiges und Einzigartiges herausgefunden hatte: auch ich konnte energetische Vorgänge spüren und deuten. „Vielleicht werde ich auch bald Gedankenlesen können", dachte ich und freute mich darüber.

„Die meisten Menschen sind in einem desolaten Zustand, wenn sie zu uns kommen. Sie wissen nicht, was mit ihnen geschehen ist. Noch weniger, dass sie auf einer anderen Ebene des Lebens angekommen sind. Sie suchen das, was sie kennen und klammern sich an die letzte bewusste Wahrnehmung ihres materiellen Körpers", erklärte Maria. „Sie wurde Opfer eines Verbrechens. Der Täter kam durch die Vordertür ihres Hauses. Sie flüchtete durch die Hintertür mit ihrem kleinen Sohn in einem Auto. Es regnete stark. Die nicht asphaltierte Straße war aufgeweicht und breiig. Das Auto rutschte ungebremst die Böschung hinunter, in den Fluss. Beide, Mutter und Kind, ertranken. Nun sucht sie immer noch un-

92

entwegt nach dem Kleinen und kämpft ums Überleben, weil sie den Eindruck hat, noch im versunkenen Auto eingesperrt zu sein."

Maria veränderte die Position ihrer Hände und fuhr fort:. „Gedanklich erkläre ich ihr, dass dieser Kampf vorbei ist, dass es ihrem Sohn gut geht und sie sich nicht um ihn sorgen muss. Ich ermutige sie, sich aus dieser Situation zu lösen, mit mir an den Schöpfer, der mich zu ihr geschickt hat, zu denken und sich seiner unendlichen Liebe zu besinnen. Immer wenn sie sich auf meine Gedanken einlässt und sich beruhigt, fallen die Lichtperlen auf sie und entfachen die Heilung ihres Geistkörpers Das ist unsere Arbeit: in Liebe zu handeln, Hilfe zu leisten und das zu geben, was wir können – unser Mitgefühl, fern von jeglicher Bewertung, von jeglichem Vorbehalt."

Marias Erklärungen beeindruckten mich. „Hier werde ich wieder mit meinen Ängsten konfrontiert", sagte ich. Eine neue Etappe in meinem Lernprozess hatte gerade begonnen.

Im Lazarett erfuhr ich, wie es ist, von Ängsten gesteuert zu werden. Ich bekam die Gelegenheit, meine eigenen zu besser zu erkennen und teilweise aufzulösen. Sie gänzlich auflösen konnte ich nicht, aber sicherlich mich von ihnen nicht mehr beherrschen zu lassen. Ich beschloss, nicht mehr zuzulassen, dass sie mich an meinem Fortkommen hindern.

Maria wurde gerufen. Sie ließ mich allein zurück – einen verunsicherten Lehrling, der hoffte, dass

93

die Patientin keine Krise bekam. Augenblicklich stellte ich fest, dass ich nicht nur meine Ängste zu bewältigen hatte, sondern auch den Grund für meine Unsicherheit und für das fehlende Selbstvertrauen dringend erforschen musste.

Eine neue Krise trat ein. Ohne nachzudenken, ob richtig oder nicht, handelte ich nach Marias Erläuterungen und Vorgehen. Nach kurzer Zeit beruhigte sich die Patientin. Als ich meine Augen öffnete, stand Maria neben mir und flüsterte „Gott segne dich!" in mein Ohr.

Ich bestand die erste Prüfung und wurde für die Behandlung und Betreuung dieser Patientin eingesetzt. Meine Zuversicht, eine gute Arbeit zu leisten, zeichnete sich dadurch ab, dass ihre Krisen schwächer wurden und in größeren Abständen kamen. Die Patientin begann sich gut zu erholen. Nach kurzer Zeit wurde sie nach Esperanza umgesiedelt und in die Aufwachstation aufgenommen.

Viele Patienten, mit ähnlichen Geschichten wurden von mir betreut. Die Fälle waren alle sehr unterschiedlich in ihrer Ursache, jedoch sehr ähnlich in der Auswirkung. Die Erfahrung schenkte mir das erforderliche Selbstvertrauen; die Bewältigung der Herausforderung schenkte mir einen Funken Stolz.

Das Lazarett: *die Mitte*

Ana leitete *„Die Mitte"*, die Station der härteren Fälle. Die Betten waren auch dort links und rechts aufgereiht, doch trugen sie, im Gegensatz zur Station davor, eine Art Gitter, da die Patienten viel unruhiger waren. Manche suchten ihre Angehörige, jammerten, beklagten sich, meinten eingesperrt zu sein und wollten fliehen; andere fielen in einem tiefen Schlaf voller Albträume. Mitgefühl und Fürsorge waren auch hier die wirksamste Medizin, obwohl auch Strenge und Konsequenz von uns gefordert wurde. Das war mir neu.

Nach dem kurzen Rundgang durch die Station saßen wir draußen. Die milde und duftende Luft nahm mir die Schwere der Eindrücke. Ich überlegte gerade, warum die Betten mit Gittern versehen sind, als mir Ana die Erklärung gab.

„Liebevolle, ermutigende Worte und Gedanken haben hier keine erkennbare Wirkung", sagte sie und unterbrach mein Grübeln. Überrascht, stockte ich einen Moment. Offensichtlich hatte ich mich noch nicht an die Tatsache gewöhnt, dass Worte überflüssig sind.

„Wenn der Patient eine Krise bekommt, müssen wir manchmal die Gitter einsetzen, um zu verhindern, dass er in einer unbewussten Handlung das Lazarett verlässt", fügte sie hinzu.

„Ich dachte, der freie Wille soll in jeglicher Lebenslage respektiert werden", sagte ich. „Verstoßen wir nicht gegen ein göttliches Gesetzt, wenn wir den Patienten gegen seinen Willen hier halten?"

Ana schaute mich freundlich an. „Jeder Mensch soll die Gelegenheit bekommen, seinen Willen in einem bewussten Zustand zu äußern und zu wählen. In der Krise bekommen die Patienten Medizin verabreicht und alle Helfer im Raum versammeln sich um ihn, senden ihm ihre liebevollen und heilenden Gedanken bis die Krise vorbei ist", sagte sie. „Hier kommt jeder Helfer an seine Grenze und braucht öfter eine Erholungspause. Energiearbeit ist anstrengend."

Ich konnte Anas trauriges Mitgefühl in ihren Augen und ihrer Stimme wahrnehmen. „Machtlos müssen wir warten, bis der Patient bereit ist uns und unsere Hilfe anzunehmen. Er selbst muss den Mut aufbringen, sich von den Albträumen und Verfolgungen aus dem vergangenen Leben befreien zu wollen. Darin liegt seine Willensfreiheit, und diese respektieren wir."

„Ist dir gestattet über einen Fall aus dieser Station zu berichten?",

„Ja, gerne", sagte sie. „So kannst du dich auf das, was dich erwartet, einstellen."

Wir stellten uns etwas Abseits, um die Patienten nicht zu stören. Ana erzählte, dass ein junger Patient im Drogengeschäft als Kurier tätig war. Infolgedessen, war er auch Konsument. Die Droge wurde in den Bergen seiner Heimat angepflanzt und durch den umgebenden Dschungel verdeckt. Im Grunde handelt es sich um eine segensreiche Heilpflanze, die viel Schmerz und Leiden auf der Erde lindern kann, wenn sie angemessen eingesetzt wird. Die Menschen müssen noch erkennen, dass kein Naturwesen weder Tier noch Pflanze schädlich ist. Alles was auf der Erde wächst und gedeiht, soll der Menschheit dienen und von ihr achtsam genutzt werden. Jedes Gift ist Heilmittel zugleich, wenn richtig dosiert und angewendet", erklärte sie mir.

Ana erzählte, dass die Bauern mehr Geld für das Anbauen der Pflanze bekamen, als durch den Verkauf von Obst und Gemüse. So wurde sie großflächig angebaut. Der junge Mann holte die getrockneten Blätter und brachte sie in die Stadt. Eines Tages wurde er verfolgt. Seine Verfolger setzten die ganze Plantage in Brand. Das Feuer vernichtete nicht nur die Pflanzen, sondern die komplette Bauernsiedlung samt Bewohnern. In seinen letzten Atemzügen schwor der junge Mann Rache. In diesem Gefühl des

97

Hasses verließ seine Seele den materiellen Körper. Lange irrte er in seiner gewohnten Umgebung umher, festgefahren in seinem Groll und seinem Vergeltungsschwur, auf der Suche nach seinen Widersachern. Er schloss sich den entmaterialisierten Bauern an, die genauso dachten und handelten, wie er.

„Wann er ins Lazarett kam", sagte Ana, „weiß ich nicht. Ich weiß nur, dass er lange Zeit in der Erstehilfestation verbringen musste bis er in der Lage war, in *die Mitte* versetzt zu werden. Sein Zustand war elend. Umso mehr hat er unsere Hilfe und Fürsorge gebraucht."

In „*Die Mitte*" wurden die Patienten mit Energie versorgt und waren zum ersten Mal imstande Hilfe anzunehmen, auch wenn noch ziemlich unbewusst. Der leichtere, entmaterialisierte Körper signalisierte ihre Aufnahme. Solange die Menschen nicht lernen Hilfe aus jeder Ebene anzunehmen, kann nichts geschehen: weder Heilung noch Veränderung.

„Du wirst an deine Grenzen kommen und beinahe verzweifeln. Oft wirst du die befreiende Tür sehen, die von dem Betroffenen aber nicht erkannt wird", sagte Ana nachdenklich. „Für alle Helfenden ist es nicht einfach zu erleben, wie jemand sich immer enger in eigenen Verstrickungen fest schnürt, ohne den auswegweisenden Faden zu finden."

„Ja, verstehe... und ich weiß nicht, ob ich bereit bin, diese Aufgabe zu übernehmen", sagte ich. „Ich stelle mir vor wie jemand im Treibsand steckt, panisch um sich schlägt und immer tiefer sinkt. Es wird stets schwieriger ihn daraus zu helfen, je mehr er sich dagegen wehrt. Zunächst muss er sich beruhigen, dann vertrauen, um schließlich bereit zu sein, Hilfe anzunehmen."

„Das ist tatsächlich so", sagte sie und lächelte. Ich freue mich, dass du es erkennst."

„In meinem früheren Leben habe ich gemerkt, dass Menschen Hilfe möchten und sie doch ablehnen weil sie ihren Vorstellungen nicht entspricht", sagte ich und begann mich zu erinnern.

Ich erinnerte mich an mein früheres Leben und wie die Menschen um mich, Familie, Freunde, Bekannte aus der Glaubensgemeinschaft unglücklich waren. Gerade diese letzteren hatten oft die passende Predigt zu ihrer Lebensführung gehört, mich eingeschlossen. Eine Blitzbesinnung war durchaus vernehmbar, aber am Ende des Gottesdienstes war sie nicht mehr vorhanden.

Heute erkenne ich all dies aus der Ferne und wünsche mir, dass die Menschen, die ich liebe, bald anfangen sich zu wandeln, denn es mach keinen Sinn, die Verse der Bibel auswendig zu zitieren, wenn der wahre Kern der Botschaft nicht versanden wird. Auch wenn wir nicht fähig sind unsere Aufgabe oder den Sinn unseres Lebens zu erkennen, so sollten wir uns wenigstens von den Steinchen in unseren Schuhen befreien – von den Steinchen des Hasses, des Verdrusses, des Neides, der Macht, der Un-

99

gerechtigkeit und des Vorurteils. Wir haben die Gelegenheit geboten bekommen, uns von Leid und Kummer zu befreien, wenn wir erkennen, warum sie so wichtig für unser Fortkommen und unseren seelischen Frieden sind.

Im Lazarett war ich lange und gerne tätig. Ich habe gelernt eine Pause einzulegen, mich von belastenden Eindrücken zu lösen und neue Energien zu tanken, wenn die Grenze des Machbaren erreicht wurde. Die Abende auf der Terrasse und der klare Himmel, mit seinen unzähligen funkelnden Sternen entspannten mich von der anstrengenden Arbeit. Dennoch, habe ich jede Gelegenheit zur Überführung von Patienten nach Esperanza angenommen, um ein paar Stunden mit meinen Freunden zu verbringen und bedingungslose Liebe zu tanken. Und trotzdem verließ ich genauso gerne die Stadt der Hoffnung, um an einer anderen Stelle Hoffnung zu verschenken. Diese Tätigkeit konnte ich nur bewältigen, weil ich sehr gut vorbereitet wurde. Unerfahrenheit und Labilität hätten mich daran gehindert meine Aufgaben zu erfüllen.

Eines abends kam Ana zu mir und setzte sich leise. Sie nahm meine Hand, legte den Kopf auf meiner Schulter und wie ich schaute sie die Sterne am Himmel. Ich schmunzelte und fühlte mich wohl..

Nach einer Weile unterbrach sie die Stille. „Es steht wieder eine Überführung an."

„Daran ist ja nichts Ungewöhnliches. Aber, was ist mit dir los? Du bist so nachdenklich, anders als sonst."

"Der Patient hat sich erholt und ist auf einem sehr guten Weg der Besserung. Die Überfahrt wird einfach sein. Wenn du ihn begleiten möchtest...", sagte sie und lächelte. Aber ihre Traurigkeit blieb mir nicht verborgen.

„Ja, und, wo liegt das Problem? Ich mache es ja nicht zum ersten Mal."

„Das wird vorläufig deine letzte Aufgabe hier im Lazarett sein", sagte sie. „Du sollst in Esperanza für neue Dienste vorbereitet werden."

Inspiration und Intuition
Die Kunstwerkstadt

Esperanza ist mein Zuhause geworden. Hier habe ich Hoffnung und Vertrauen entwickeln können. Hoffnung in die Zukunft der Menschheit und Vertrauen in die schöpferische, alles verbindende und verändernde Kraft. Ich habe erkannt, dass wir unabhängig von der Ebene, von dem Ort, an dem wir im Universum leben, miteinander verbunden sind. Jede Menschenseele reist von der einen Realitätswelt zur anderen, mit identischen Aufgaben: sich und den Sinn seines Lebens zu finden, seine Erkenntnisse zu verinnerlichen und weiterzugeben und im Dienst der Gemeinschaft zu handeln.

Die Arbeit im Lazarett lehrte mich, je eher wir uns mit **uns selbst** befassen und mit dem, wie wir unser Leben durch Gier, Hass, Neid, Macht, Mutlosigkeit, Stolz, Fanatismus verunstaltet haben, desto leichter ist die Entmaterialisierung, der Übergang in eine neue Realitätswelt, in eine andere Lebensform und Gestalt. Wir müssen begreifen, dass wir göttliche Geschöpfe sind, ebenso wie das System, in das wir integriert sind. Und auch, dass uns Unwissenheit nicht vor Verantwortlichkeit und Verpflichtung schützt.

Dadurch, dass ich in meinem eigenen Rhythmus wachsen konnte, erkannte ich auch die stattfindende Veränderung. Am Anfang habe ich dafür einen Spiegel gebraucht. Schon lange brauche ich ihn nicht mehr. Ich bin fähig, mich voll und ganz zu akzeptieren und mich für meinen Nächsten einzusetzen, ohne mich zu verlieren.

Als ich in der Schreinerwerkstatt tätig war, bot sich nicht die Gelegenheit, den gesamten Gebäudekomplex der Kunstwerkstatt zu besuchen. Manche Bereiche bleiben für Neulinge verborgen, um sie nicht zu überfordern. Die individuellen Aufgaben verlangten viel Einsatz. Gerade in der ersten Zeit wird jeder so beschäftigt, dass keine Gelegenheit zum Grübeln aufkommt. Das Grübeln nimmt jedem die Ruhe, und die fehlende Entspannung beeinträchtigt das Wachstum. So ist nicht nur die Natur des Menschen, sondern auch die seines Ökosystems – die Natur der Pflanzen und Tiere auf der Erde.

Wieder in Esperanza, nach der Überführung meines letzten Patienten, hatte ich zunächst Zeit für mich, für die Freunde und um die Stadt weiter zu erkunden.

Die Kunstwerkstatt war (und ist) ein bewundernswerter Ort. Die dort geleistete Arbeit, sowohl von Lehrern als auch von Schülern, begeistert mich immer noch. Hier konnte ich feststellen, dass die Kunst ein guter Weg zur eigenen Befreiung und Freiheit ist. Das Endprodukt selbst – gemalt oder geschrieben – verliert, auf dieser Ebene, ihren vordergründigen Stellenwert. Es ist ein therapeutisches Mittel, Ausdruck verborgener Ängste und Emotionen, die bis dann weder erkannt noch bearbeitet wurden. Es geht überhaupt um den Weg, den wir aussuchen, um die Geheimnisse unserer Seele zu entdecken.

Zur Kunstwerkstatt gehört ein anderer interessanter Bereich: die Kommunikation und Inspiration. Auch dieser Bereich wird als therapeutische Maßnahme für hiesige Menschenseelen eingesetzt. Viele der hier entstandenen Stücke wurden auf andere Ebenen übertragen, so auch auf die Erde.

Die Übertragung erfolgt mittels Telepathie. Durch Gedankenströme verbindet sich die malende, schreibende oder dichtende Person mit einer anderen in einer anderen Realitätswelt. Die Verbindung findet bewusst oder unbewusst statt. Wichtig für diesen Vorgang ist, dass beide Wesen in derselben Energie schwingen. Die Verbindung und Gedankenübertragung zwischen entmaterialisierten und materialisierten Menschen erfolgt genauso. Empfängliche Menschen können die Beeinflussung *fremder* Schwingungen oder Gedankenströme bewusst erkennen. Zum Beispiel, kann ein Bild auf einer geistigen Ebene entstehen und von einem Künstler auf der Erde empfangen und reproduziert werden. Das ist Inspiration – Beseelung und Eingebung.

Obwohl alle Menschen fähig sind telepathisch zu kommunizieren und sich inspirieren zu lassen, werden diese Fertigkeiten im Verlauf des Lebens auf der Erde unterdrückt. Dies gilt ganz besonders für das Empfangen. Diejenigen, die sich durchringen diese Fähigkeiten zu bewahren und auszubauen, werden als sonderbare oder außergewöhnliche Menschen angesehen, mit übernatürlichen Fähigkeiten. Was für ein Irrtum! Jeder Mensch ist Mittler, ist Mitglied einer Welt, die aus materialisierten und entmaterialisierten Menschen in Wechselwirkung besteht. Der Mensch beeinflusst in jeder Hinsicht sein Umfeld und seine Umwelt mit der Ausstrahlung seiner Gedanken und Emotionen.

Auf dem Weg zu meiner Unterkunft, dachte ich an meine Familie und daran, wie tröstlich es wäre, wenn ich ihnen über mein jetziges Leben berichten könnte.

Am Abend, saß ich an meinem Lieblingsort, unter der blühenden Pergola, als Mauricio kam.

„Darf ich mich zu dir setzten?", fragte er höflich.

105

Ich erhob mich, umarmte ihn wie einen Bruder und freute mich über seinen Besuch. „Ich bitte darum!".

„Wie war dein Tag?", fragte er und setzte sich.

„Herrlich spannend. Die Arbeit in der Kunstwerkstatt ist faszinierend. Es ist eine neue interessante Erfahrung, die mir große Hoffnung macht", antwortete ich voller Begeisterung.

„Hoffnung?"

„Besonders das Schreiben beeindruckt mich", fuhr ich fort, ohne seine Frage zu beachten. „Verstehst du nicht? Darin sehe ich die Möglichkeit meiner Familie eine Botschaft zu senden, meine Reue mitzuteilen und ihr über mein Leben hier zu berichten. Ich habe mir fest vorgenommen, das Schreiben und das Übermitteln zu erlernen und hoffe auf die Zustimmung meiner Betreuer. Meinst du, ich kann es schaffen? Bitte, sag was! Ist es schwer zu lernen? Kannst du das? Hast du es schon gemacht?" fragte ich gierig.

Mauricio bekam keine Gelegenheit einzelne Fragen zu antworten, denn sofort fiel mir schon die nächste ein. „Warum ist die Kunstwerkstatt auch Therapiezentrum?

„Nicht so schnell", sagte er. „Erstens, ja, du kannst es schaffen. Zweitens, es wird nicht einfach sein. Drittens, die dort angewandten Methoden helfen unseren Bewohnern, die weiterhin in dem vergangenen Leben erstarrt und festgefahren sind, sich

106

davon zu befreien, wenn alle anderen Hilfsmaßnahmen erfolglos bleiben. Nach außen geben sie sich sicher und losgelöst, doch ihr Inneres ist stark belastet."

„Wollen sie nicht oder können sie nicht bis an den Kern ihrer Belastung herankommen?", fragte ich.

„Viele Menschen fallen in eine Art seelische Starre nach dem Tod. Sie bleiben lange unter Schock und reagieren nur langsam auf unsere Behandlung", erklärte Mauricio. „Aber das kennst du aus der Arbeit im Lazarett."

„Ja, stimmt."

„Auch wenn wir die Gründe ihres Verhaltens, ihres Schmerzes kennen und ihre Reaktion akzeptieren, werden sie nicht von der Pflicht entbunden ihr Leben anzuschauen, zu verstehen und zu verändern. Der Schock verhindert jegliche Kommunikation mit uns. Sobald sie stabil sind, werden sie, in einer Stadt wie Esperanza, aufgenommen, bekommen eine Wohnung wie diese und es wird ihnen eine handwerkliche oder künstlerische Tätigkeit angeboten. Sie dürfen entscheiden, woran sie Gefallen haben. Sie dürfen ihr Trauma oder das, was sie verstummen lässt, malen oder zeichnen. Manche verarbeiten ihre Belastungen in dem sie auf einem Instrument spielen oder schreiben ihre Erschütterungen auf. Mit der Zeit öffnet sich langsam der Vorhang, der die Seele verdeckt.

Andere bleiben in ihrem Schmerz und in dem, was sie zuletzt erlebten wie unter einer Glocke gefangen und können die angebotene Hilfe nicht annehmen. Sie prallt an ihrer erstarrten Schale ab. Diese entmaterialisierten, vom materiellen Körper befreiten Menschenseelen, bilden die unsichtbaren Realitätswelten, auch auf der Erde. Sie bleiben in ihrer gewohnten Umgebung, suchen die Nähe zum materialisierten Menschen mit identischen Schwingungen und Neigungen. Es kann lange Zeit vergehen, bis sie bereit sind, Hilfe aus dem Licht anzunehmen, zumal Kummer und Sorgen lichtundurchlässig sind."

Wieder in der Kunstwerkstatt, diesmal in Antonios Begleitung, beobachtete ich eines Tages, wie eine junge Frau in Gedanken vertieft, ein Bild malte. Sie war so in ihrer inneren Welt gefesselt, dass sie nichts um sich herum wahrnahm. Als das Bild fertig war, nahm sie es und ging zum Bereich der Kommunikation. Sie setzte sich, legte das Bild vor sich auf den Tisch, schloss die Augen und wartete. Plötzlich merkte ich, dass beide – Bild und Künstler – durch farbige Strahlen verbunden waren. Diese bewegten sich auf und ab, wie winzige Lichter, in einem durchsichtigen Schlauch.

„Was für eine beeindruckende Erfahrung", sagte ich begeistert.

„Ein schöner Vorgang, wohl wahr!", bestätigte Antonio. „Das passiert, wenn eine Übertragung auf

108

einen bewussten Empfänger trifft", sagte er und lächelte. „Unsere kleine Künstlerin verarbeitet ihren Schmerz indem sie die Bilder an einen bestimmten Empfänger auf der Erde, mit dem sie zu Lebzeiten sehr verbunden war, sendet. Sie verabreden sich für die Übertragung und den Empfang ".

„Aha! So funktioniert es!"

„Auf der Erde malt der Empfänger das übermittelte Bild", fügte er noch hinzu.

„Ist das nicht eher ein Hobby, eine Beschäftigung für talentierte Menschenseelen sowohl hier als auch auf der Erde, die gerne malen?"

Antonio lächelte und drehte sich zum Ausgang. „So wie du den Spiegel brauchtest, um deine Veränderung wahrzunehmen, braucht sie dieses Mittel", erklärte er. „Jedes Bild ist anders. Es erzählt einen Teil ihrer Geschichte, von der sie sich langsam lösen kann."

„Und was hat der Empfänger mit ihrer Geschichte zu tun?", fragte ich neugierig.

Antonio legte seinen Arm um meine Schulter. „Das was du hier siehst, ist ein ganz normaler Vorgang, ein Austausch zwischen beiden Welten. Der Austausch begünstigt beide Seiten. Durch seine bewusste Bereitschaft zu empfangen, bemerkt der Empfänger die ankommenden Schwingungen. Diese Lichtlein, die du gesehen hast, sind für ihn heilende, kräftigende reine Energie."

„Ach stimmt!", erinnerte ich mich. „Das kenne ich aus der Zeit im Lazarett. Wenn der Energieaustausch stattfindet, werden kleine bunte Lichter sichtbar."

„Genau", stimmte Antonio zu. „Durch diesen Vorgang findet Heilung und Wachstum in zwei Menschenseelen die sich auf verschiedenen Realitätswelten befinden gleichzeitig statt."

„Du sagtest, dass Sender und Empfänger sich dafür verabreden. Ich nehme an, dass die Übertragung vom Empfänger bewusst wahrgenommen wird. Aber wie verhält es sich, wenn der Empfänger nicht weiß, dass ein Mensch aus einer anderen Realitätswelt ihm etwas übermitteln möchte?", wollte ich wissen.

Antonio dachte einen Augenblick über meine Frage nach. „Wenn der Empfänger unbewusst empfängt, prallt ein Teil der Schwingungen an seinen Barrieren ab."

„Was für Barrieren?"

„Die Barrieren des materiellen Körpers. Die Schwingungen müssen die Schranke des Verstandes überwinden."

„Hm."

„Der Verstand möchte zunächst ein Gefühl, eine Intuition verstehen, bevor er die Handlung frei gibt", erklärte Antonio geduldig. „Wenn der Empfänger ein sensibler und rezeptiver Mensch ist, der Schwingungen unbewusst wahrnimmt, wird er die

Übertragung als eigene Idee werten, als eigene Inspiration. Der bewusste Empfänger kennt den Unterschied zwischen eigenen und fremden Gedanken; zwischen eigenen Ideen und fremden Eingebungen."

„Meinst du, ich werde so etwas irgendwann auch machen können?", fragte ich vorsichtig.

„Der Austausch zwischen Realitätswelten findet immer statt und wird bewusst und unbewusst wahrgenommen. Er ist wichtig im Entwicklungsprozess der Menschheit. Jede Wahrnehmung trägt zum Fortschritt bei. Am besten, wenn die sich verbindenden Kräfte, lichtvolle und heilende Energien sind."

Wenige Augenblicke später standen wir draußen.

„Es war ein toller Nachmittag", sagte ich und bedankte mich für seine ausführlichen Erklärungen und besonders für seine Geduld.

Antonio lächelte und verabschiedete sich. „Wir sehen uns am Abend."

Nach dieser Erfahrung wurde die Kunstwerkstatt mein zweites Zuhause. Immer, wenn ich frei hatte, konnte man mich dort finden. Besonders gerne hielt ich mich in der Schreibwerkstatt auf. Es war faszinierend zu beobachten, wie die Menschen aus meiner Welt kleine Gedichte oder Botschaften schrieben und sie an ihre Angehörigen oder empfängliche Menschen auf der Erde übermittelten. Faszinierend waren die Strahlen der Dankbarkeit, die den Raum durchfluteten, besonders leuchtend, wenn sie von der Erde kamen. Wie kleine Leuchtkäfer in einer dunklen Nacht, blitzten die farbigen Lichtlein auf.

Ich begriff, dass der Mensch von mehr oder weniger Einflüssen umgeben ist. Sie werden von ihm gemäß seiner Stimmung aufgenommen. Ein positiver, hoffnungs- und vertrauensvoller Mensch strahlt immer stärker; dagegen wird ein negativer, hoffnungsloser Mensch zunehmend düsterer.

Hätte ich dies vorher gewusst, wäre ich vorsichtiger mit meinen Gedanken umgegangen. Immer wenn ich mich damals ärgerte, ließ ich mich von den Gedanken so herunterziehen, dass aus einer kleinen Verstimmung ein großer Streit entstand. Nun ist mir klar, dass die Beeinflussung der uns umgebenden unsichtbaren, entmaterialisierten Welt weit größer ist, als ich erahnen konnte.

Manchmal war der kleine Stein im Schuh Auslöser von Wutausbrüchen, die vor allem an nahe stehenden Personen ausgelassen wurden, wobei es so viel einfacher gewesen wäre, den Stein zu entfernen. Doch wir Menschen sind eher bereit die Botschaften zu empfangen, die mehr Kohle ins Feuer der gereizten Situation werfen als die, die uns empfehlen, den Stein zu entfernen.

Unsere Bereitschaft ist ausschlaggebend dafür, ob wir positive oder negative Einflüsse annehmen. Erst jetzt erkenne ich, wo mein Verhalten fehlerhaft war. Diesbezüglich halfen mir mein Glaube, Gottesfurcht und Gnade und der Ruf ein Christ zu sein überhaupt nicht. Es war ein verzerrtes Bild, welches ich heute im Licht der Liebe langsam entzerre und neu entdecke. Wäre ich auf die Beeinflussung der unsichtbaren Welt aufmerksam gemacht worden, hätte ich die Möglichkeit gehabt, zu entscheiden, ob ich sie annehme oder ablehne. Daher ist es für mich eine unvergessliche Erfahrung zu erkennen, dass der Austausch von Licht und Liebe zwischen den verschiedenen Realitätswelten möglich und heilsam auf allen Ebenen ist.

Ein winziger Gedanke der Verbundenheit, der Dankbarkeit für das geschenkte Leben oder gar die simple Erinnerung, dass der Mensch göttliches Urlicht in sich trägt, als Zeichen universeller Zusammengehörigkeit, kann eine Menschenseele retten.

Einsatz auf der Erde
Das Erdbeben

Mein Dienst im Lazarett und alles, was ich hier gelernt und erkannt habe, waren eine gute Vorbereitung auf den nahenden Einsatz.

Das Leben in Esperanza verläuft unter dem Mantel der Liebe und dem Gesetz: „Liebe deinen Nächsten, wie dich selbst". Dieses Gesetz mit all unseren Sinnen zu erfassen, ist ein langer Prozess. Leichter macht es uns die liebevolle Umgebung von Esperanza, in die wir eingebettet sind. Anstelle von Luft, atmen wir Liebe; eine Liebe, die für die Menschen auf der Erde weder Begriff noch Ahnung ist. Wer sich nicht als Samen der Liebe des Schöpfers erkennt, kann die Ordnung, das Prinzip und die Kraft, die das Universum zusammenhalten und beleben, nicht erfassen.

Erst durch die behutsame Begleitung und die nicht immer einfachen Erfahrungen konnte ich mich erkennen, mir verzeihen und mich annehmen, wobei das Annehmen eine der größten Hürden war und viel von mir forderte. Wenn ich heute zurück schaue und mir die überstandenen Lektionen ansehe, bin ich zufrieden mit dem Ergebnis. Hier habe ich mich zu einem liebenden Menschen entwickelt, der die bedingungslose Liebe im Kern seines Seins spürt. Es fällt mir jetzt leicht, das was ich im Überfluss habe, weiter zu geben.

Eines Tages wurden alle Bewohner von Esperanza aufgerufen, sich im großen Park vor dem Verwaltungsgebäude zu versammeln. Das hat hauptsächlich bei den Neuen, so auch bei mir, ein beunruhigendes Gefühl ausgelöst. Betreuer, Lehrer und Begleiter beruhigten und klärten ihre Schützlinge auf. Behutsam wiesen sie uns darauf hin, dass eine solche Maßnahme immer stattfindet, wenn eine außergewöhnliche Aufgabe ansteht.

Der gesamte Verwaltungsrat von Esperanza erschien auf dem Balkon des Verwaltungsgebäudes – fünf Menschen, die Licht und Liebe ausstrahlten, wie man es sich auf der Erde nur von Engeln vorstellen kann. Alle fünf hatten weder Flügel noch Heiligenschein und dennoch waren sie engelhafte Erscheinungen. Ein beeindruckendes Bild.

„Liebe Schwestern, liebe Brüder! Seid gegrüßt!", sagte der Präfekt. „Verbinden wir uns mit dem Schöpfer in Dankbarkeit für den Sinn unseres Lebens, für die Freiheit und für die Liebe, die wir alle anstreben. Verbinden wir uns mit der Kraft, die von manchen Menschen Gott, von anderen Vishnu, Jahve oder Allah genannt wird. Wenden wir uns an die Macht, von der das Universum und alle Geschöpfe – auch wir – stammen und die uns zu einer Einheit zusammenwachsen lässt. An diese göttliche Kraft richten wir unsere Dankbarkeit." Sofort entstand absolute Stille.

Nach eine kurzen Pause für das individuelle Gebet wandte er sich erneut an uns. „Eine schwere Zeit wird auf die Region der Erde zukommen im Handlungsgebiet von Esperanza. Massive Kräfte hielten dieses Gebiet der Erde lange unter Spannung. Nun ist die Spannung so groß, dass sie sich entladen wird. Sie wird eine Naturkatastrophe verursachen. Viele Menschen werden sterben. Es wird ein großes Aufkommen von entmaterialisierten Menschen ge-ben, die sicherlich unter Schock und Panik stehen werden. Darauf müssen wir uns vorbereiten. Alle Veranstaltungen, Dienste, Lehrgänge und sonstige Aktivitäten in Esperanza sind ab sofort eingestellt. Lehrer und Betreuer werden die Organisation des Notstandes einleiten. Lasst uns mit Besonnenheit und Vertrauen den *Dienst am Nächsten* antreten."

Diese Nachricht erreichte uns völlig überra-schend und unvorbereitet. Besonders die Neulinge,

116

wie ich, waren fassungslos und schauten sich fragend an.

„Was kommt auf uns zu?", fragten wir uns.

„Unsere Aufgabe ist Hilfe zu leisten und für die, die uns brauchen, anwesend zu sein", sagte Mauricio, der plötzlich an meiner Seite erschien. „Bewahre deine Mitte, deine Fassung und vertraue der Kraft des Mitgefühls und der Liebe."

Die Sicherheit und Besonnenheit, mit der er mich ermunterte, beruhigte mich.

In den unzähligen Räumen des Bildungszentrums, der Bibliothek und Werkstätten wurden Notunterkünfte eingerichtet, so auch in den Parks und Gärten. Wir starteten sofort mit der Schaffung von Aufnahmeräumen für die Ersthilfe. Die Aufwachstation und das Domizil gewannen plötzlich weitere Etagen. Ich meine tatsächlich zusätzliche Stockwerke. Freiwillige versammelten sich in Gruppen und suchten einen Betreuer, der sie unterweisen konnte. In kurzer Zeit verwandelte sich Esperanza in eine große Hilfsstation. Die Arbeiter in der Aufwachstation und im Domizil übernahmen die Aufsicht von mehreren Patienten gleichzeitig, damit so viele Helfer wie möglich, in den *Dienst am Nächsten* eintreten konnten.

Am nächsten Tag erreichte uns die Nachricht, dass viele Helfer aus Esperanza in das Katastrophengebiet geschickt werden. Freiwillige sollten sich

117

melden, um auf den sich nähernden Dienst vorbereitet und eingewiesen zu werden.

Die Situation verunsicherte mich. Ich wollte den geschützten Raum von Esperanza nicht verlassen. Dort fühlte ich mich sicher. Die einzige Zeit, die ich mich von Esperanza entfernte, war zur Zeit meines Dienstes im Lazarett, der von mir viel Kraft gefordert hatte.

Beunruhigt suchte ich Mauricio und Antonio auf, die als Gruppenleiter für solche Einsätze bereits Erfahrung hatten.

„Melde dich", sagte Mauricio, „und wenn du dich der Aufgabe nicht gewachsen fühlst, kannst du immer noch im Innendienst, also in einer der Einheiten in Esperanza eingesetzt werden."

„Egal in welchem Bereich, jede Hilfe ist willkommen", fügte Antonio hinzu.

Bald darauf wurden wir aufgerufen, das Theater aufzusuchen. Der Saal war mit hunderten Esperanzianern komplett belegt. Die fünf Mitglieder des Verwaltungsrates saßen auf der Bühne, an einem Tisch.

„Wir freuen uns, dass so viele Brüder und Schwestern sich an diesem Einsatz außerhalb unserer Stadt beteiligen wollen", verkündete die höhere Schwester. „Nicht alle werden in die Katastrophenregion reisen, aber alle werden darauf vorbereitet, denn die Hilfe, die wir leisten können, ist umfangreich und nicht voraussehbar. Die Entladung der aufgestauten Kräfte wird als Erdbeben im südamerikanischen Raum stattfinden. Andere Gebiete, die sich in der Aura über dem Pazifischen Ozean befinden, führen die gleichen Maßnahmen durch und sind auch imstande entmaterialisierte Menschen aufzunehmen. Diese Maßnahmen sind notwendig, weil keiner von uns die genaue Anzahl der Verstorbenen ermitteln kann, zumal der Pfad des Lebens ständig durch den freien Willen geändert wird", berichtete sie. „Wir zeigen euch nun einige Bilder, die uns aus höheren Ebenen übermittelt wurden. Sie gewähren uns einen Blick auf die nahe Zukunft. So können wir uns auf die kommende Zeit besser einstellen."

Der Saal wurde verdunkelt, seitlich an den Gängen gingen violette Lichter an. Auf der Bühne, hinter dem Rat, bildete sich eine große Projektionsfläche. Nach einigen Sekunden erschienen die ersten Bilder aus der Katastrophenregion.

Der Blick in die nahe Zukunft zeigte eine gewaltige Explosion, die sich durch die gestaute Energie aus dem Inneren der Erde lösen wird. Schichten der Meeres- und Kontinentalplatten werden sich aufeinander schieben. Dieser Vorgang wird an der Westküste von Südamerika in mehreren Metern Tiefe stattfinden. Die Gebäude auf der Oberfläche werden wie Kartenhäuser zusammenfallen. Ohne Vorwarnung werden Menschen von den fallenden Trümmern verletzt, erschlagen, begraben. Erst einige

Zeit später werden die Überlebenden in der Lage sein, das Ausmaß der Naturgewalt zu erfassen.

Die Bilder blieben einige Sekunden stehen. Dann erst gingen die Lichter an. „Liebe Gemeinschaft", klang aus dem Lausprecher, „das, was ihr gerade gesehen habt, ist unsere nächste Herausforderung. Macht euch auf den Weg, denn es bleibt uns nicht mehr viel Zeit." Augenblicklich wuselte es im ganzen Saal, wie in einer Ameisenkolonie. Die Leiter des Einsatzes stellten sich auf die Bühne und begannen mit der Organisation. Sie bildeten zehn Gruppen, mit jeweils zehn Helfern. Fünf Gruppen würden direkt zum Katastrophengebiet wandern, die restlichen fünf sollten sich auf die umliegenden Hilfsstationen verteilen.

Ich habe mich einer Gruppe angeschlossen, die zum Erdbebengebiet ging. Je näher wir an das Gebiet kamen, spürte ich die erdrückende Schwingung umso intensiver. In meinem Kopf erschien ein Bild, wie sich der Druckkessel im Ozean aufblähte. Die Explosion würde nicht mehr lange auf sich warten lassen. Plötzlich hörten wir den Leiter unserer Gruppe rufen: „Achtung! Es geht los!". Und schon wurden wir von der starken Schwingungswelle durch den Raum gewirbelt. Ich hatte den Eindruck in viele kleine Teile zerfetzt worden zu sein. Als der Schreck vorbei war, schaute ich zunächst, ob all meine Teile noch vorhanden waren. Sie waren! Erst dann habe ich mich umgesehen und festgestellt, dass alle Mitglieder der Gruppe die Druckwelle gut überstanden hatten. Noch benebelt, gaben wir uns die zittrigen Hände und tauchten in die materielle Welt hinein.

So standen wir da, in einer Reihe, Hand in Hand am Horizont, am Rande der Trümmer.

Verletzte und Unversehrte rannten schreiend umher und halfen wo sie konnten. Ohrenbetäubend heulten die Sirenen ein qualvolles Lied. Langsam gingen wir auf die panische Masse zu. Einige Verletzte warteten auf Versorgung, doch die Sanitäter liefen durch sie hindurch oder über sie hinweg, ohne sie zu beachten. Sie bluteten, hatten klaffende Wunden, gebrochene Glieder und schrien um Hilfe.

Wir waren für die Unbeachteten gekommen. Sie waren auf unserer Hilfe angewiesen.

Unser Einsatz unterschied sich nicht von dem der Sanitäter. Wir beruhigten, versorgten und sobald es uns möglich war, brachten wir die verletzten Menschenseelen in die ortsnahen eingerichteten Hilfsstationen. Sie bemerkten gar nicht, dass der eigene leblose Körper in den Trümmern zurück blieb. Sobald eine Gruppe versorgt war, holten wir eine neue.

Ich erlebte, wie einige von uns die Verschütteten beruhigten. Die entmaterialisierten Verschütteten hechelten nach Luft und waren unfähig, sich zu befreien und aus den Trümmern hinaus zu kommen, weil sie an ihre materiellen Körper gefesselt waren. Sie hörten und sahen uns nicht. Menschen liefen umher. Verkörperte und entkörperte Menschen, suchten nach Angehörigen, die sie weder zwischen den Lebenden noch in den Trümmern finden konnten. Einige wurden von den Sanitätern beruhigt und versorgt, andere mussten wir beruhigen und überzeugen, dass ihre Lieben gut versorgt in einer der eingerichteten Stationen auf sie warteten. Wenn wir die erschöpfende Arbeit nicht mehr bewältigen konnten, wurde uns gestattet, etwas ausruhen. Die Gruppen aus den Hilfsstationen, wechselten in das Trümmergebiet. So konnten wir uns von den schrecklichen Bildern lösen, indem wir uns auf die Arbeit danach konzentrierten. Sobald die entmaterialisierten Menschen in den Hilfsstationen entkrampft und ruhig waren, wurden sie zu den umliegenden Siedlungen gebracht.

Bei meiner ersten Rückkehr nach Esperanza, als Begleitung einer Gruppe Entkörperten, wurde mir bewusst, was wir geleistet hatten. Nicht nur entmaterialisierte Menschenseelen wurden dort versorgt. Zum ersten Mal begegnete ich Entkörperten auf Zeit – Komapatienten. Für manche reicht eine kurze Rast im geistigen Raum; für andere ist eine längere Ruhepause vonnöten, je nach Verletzungsgrad. Auch für diese kurzweiligen Aufenthalte mussten wir eingerichtet sein. Und das waren wir auch.

In Fällen von Koma, verweilt die Seele auf der geistigen Ebene, während der materielle Körper auf der Erde versorgt und behandelt wird. Dadurch wird verhindert, dass der Schmerz und das Leiden des Körpers, auf die Seele übertragen werden. Erfahrungen, die für ihr Fortschreiten hinderlich sind, muss sie nicht speichern. Während der Körper in eine Art Schlaf fällt, ist der Geist quicklebendig, lern- und entwicklungsfähig. Außerhalb der eingrenzenden Materie und ohne den ständigen Einfluss des Verstandes, kann er sich frei entfalten. Ein Beweis dafür ist, dass viele Menschen, die eine solche Reise unternommen haben, sehr verändert in das normale Leben zurückkommen.

Für den kurzweiligen Aufenthalt in Esperanza wurden Zelte aufgestellt. Helfer aus benachbarten kleineren Ansiedlungen leisteten Ersthilfe und sorgten dafür, dass die Ankommenden den Grund ihres diesseitigen Aufenthalts begreifen. Sie durften sehen, wie der eigene materielle Körper, auf der kürzlich verlassenen Ebene versorgt wurde.

Schwieriger wurde es, wenn eine dieser Menschenseelen die Rückkehr in den materiellen Körper ablehnte und Esperanza nicht mehr verlassen wollte. Wer einmal das Paradies erlebt, möchte es nicht freiwillig verlassen. Diese Menschenseelen bekamen spezielle Heilbehandlungen und durften bleiben, bis sie den Sinn ihres irdischen Lebens und die Bedeutung dieser besonderen Erfahrung, für sich und ihre Mitmenschen annehmen konnten.

Wie ich schon sagte, war dies meine erste Rückkehr nach Esperanza mit Entkörperten. Nachdem sie aufgenommen wurden, konnte ich ein wenig entspannen. Ich weiß nicht, wie lange ich vor dem großen Zelt im Park stand. Versunken in meine Gedanken, atmete ich die Eindrücke und die Geborgenheit des Ortes ein. Doch mein Einsatz auf der Erde war nicht beendet. Viele Menschenseelen waren noch auf unsere Hilfe angewiesen. Ein letztes Mal atmete ich bewusst hoffnungsvolle, Esperanza-Luft ein, bevor ich erneut zum Südtor ging. Dort versammelten sich die Helfer, um die Rückkehr zur Erdoberfläche anzutreten.

Einige Male musste ich noch das Tor der Ungewissheit – wie das Südtor genannt wird, passieren. Die Gewalt der Kraftentladung an der Westküste Südamerikas und ihre Folgen waren für mich und für alle Neulinge aus Esperanza nicht vorhersehbar. Der Einsatz auf der Erdoberfläche hat uns intensiver verbunden.

Jede gemachte Erfahrung, unabhängig davon, ob im materiellen Körper oder nicht, hinterlässt Spuren. Größere und kleinere Wunden, die manchmal über einen langen Zeitraum angeschaut und behandelt werden müssen, bis sie an Bedeutung verlieren und zu kleinen Narben schrumpfen, wie die von Windpocken: die Meisten überstehen die Krankheit und vergessen den Schmerz, nur die kleine, unmerkliche Narbe bleibt als Erinnerung vorhanden.

Das unsterbliche geistige Bewusstsein vergisst nichts, was von Bedeutung ist, und lernt seinen Erfahrungen die richtige Gewichtung beizumessen. Auch diejenigen, die den Einsatz auf der Erdoberfläche tapfer vollendet hatten, mussten lernen, die beeindruckenden Bilder in kleine Erfahrungsnarben umzuwandeln.

Die Schwelle zwischen Realitätswelten

Mauricio, Antonio und ich waren glücklich, wieder vereint zu sein. Die vertraute Umgebung, die Freunde, Esperanza selbst bescherten uns Geborgenheit und Frieden. Mir ganz besonders. Die Mitglieder unserer Einsatzgruppe trafen sich regelmäßig zum Austausch und zur Verarbeitung ihrer Erlebnisse. Ich genoss die freie Zeit und entspannte mich. Die Normalität brachte uns zurück zu unseren Tätigkeiten und Beschäftigungen. Am meisten erfreuten mich die Abende auf der Terrasse, unter der Blütenpergola. Von dort aus beobachtete ich die funkelnden Sterne und sandte erbauende Gedanken an meine Geistbruderschaft, die dort draußen, in der Ferne, vielleicht auch zu mir hinüber schaute. Vielleicht saßen die dort Lebenden auch auf einer Terrasse und sandten uns ihre erbauenden Gedanken. Es schien mir, dass jeder Stern stärker zu blinken versuchte, um meine ungeteilte Aufmerksamkeit zu erhaschen.

Nach ein paar Tagen des Müßigganges wurden alle Helfer aus dem Einsatz auf der Erdoberfläche, ins Theater beordert. Gespannt überlegten wir, ob ein neues Erdbeben erwartet wurde.

Der Verwaltungsrat bedankte sich für unseren Einsatz und versicherte uns, dass keiner in seinem Schmerz allein gelassen sein würde, weder auf der Erdoberfläche noch auf unserer geistigen Ebene.

„Die Neulinge, die einen solchen Einsatz erstmals erlebt haben, werden in einem weiteren Lehrgang intensiv betreut", kündigte der Präfekt an.

So begann auch für mich ein neuer Lernabschnitt, der in einem speziellen Gebäude des Bildungszentrums stattfand.

Der Saal war rund; eine Panorama-Projektionsfläche erstreckte sich über knapp einhundertachzig Grad und bildete einen Halbkreis. Viele bekannte Gesichter betraten den Raum, unter anderem ein Mann und eine Frau, denen ich ab und zu während des Einsatzes begegnet war. Durch ihre weiß-schimmernden Roben konnte ich erkennen, dass es sich nicht um Neulinge handelte.

Sofia und Urban stellten sich kurz vor, aber Sofia übernahm die Einführung, mit einer Frage.

„Kann jemand von euch erklären, was auf der Erdoberfläche geschehen ist?"

Sofort meldeten sich mehrere, doch Miguel wurde gebeten sich zu äußern.

„Ein Erdbeben an der Westküste von Südamerika hat viel zerstört und mehrere hundert Menschen in den Tod gezogen", antwortete er.

„Das ist richtig!", erwiderte sie freundlich. „Aber das ist das Ergebnis vom Wirken mehrerer Faktoren. Diese Faktoren und ihre Konsequenzen sind das Hauptthema unseres Programmes. Für euch war es der erste Einsatz dieser Art. Der erste von unzähligen Einsätzen, die noch kommen werden. Darum ist es erwünscht, dass sich alle uneingeschränkt aktiv beteiligen. Wir sind ein Team. Der kleine Unterschied zwischen uns ist, dass unser Doc – wie Urban liebevoll genannt wird – viele tausende Einsätze dieser Art geleitet hat."

Sie wandte sich zu Urban, der seine Mundwinkel fast unmerklich zu einem Lächeln verzog, aber nichts sagte. „Doc hat die Wichtigkeit der Arbeit *danach* erkannt", sagte sie ergänzend, „und deswegen sind wir hier: um über unseren Erfahrungen zu sprechen und mehr über uns und die Menschheit zu lernen."

Sofia war eine große, schlanke Schönheit, mit wallendem blondem Haar. Ihre helle Haut war fast transparent, so dass Körper und Gewand kaum voneinander zu unterscheiden waren. Der Klang ihrer Stimme beruhigte und hüllte uns in eine wohlige Wärme ein. Sie war die Woge und Doc der Fels.

128

„Ihr habt sicherlich gemerkt, dass mir der Beiname *Doc* nicht sonderlich gefällt", sagte er. „Frühere Stundeten haben ihn mir gegeben. Anfangs wehrte ich mich dagegen, doch auch ich musste das Annehmen lernen. Auch wenn es sich nur um einen Namen handelte, den ich nicht selbst ausgesucht hatte."

In diesem Moment erkannte ich, warum die individuelle Entwicklung nur durch Handlung vollzogen werden kann und so wichtig für die Menschheit ist. Auch wenn man länger in Esperanza lebt, ein höheres Bewusstsein entwickelt hat und weiser geworden ist, hört das Lernen nicht auf.

„Auf der Erde wird der Name eines Kindes hauptsächlich von den Eltern ausgesucht. Hier, auf der geistigen Ebene, sucht sich jeder einen eigenen Namen aus. Jeder kann sich nach seinem Empfinden benennen", sagte er und fügte schmunzelnd hinzu „Meine Mitmenschen sahen es anders, als ich. So wurde ich von Urban – das bedeutet *in der Stadt lebend* – in Doc umbenannt. Eigentlich fühle ich mich eher als ein Reisender und nicht..."

Sofia unterbrach ihn, mit einem Handzeichen.

„Doc wird so genannt, weil er sehr weise ist. Weise und bescheiden. Es gibt kein Thema, worüber er nicht referieren könnte. Ihr könnt ihn alles fragen und werdet immer eine Antwort bekommen."

Die lockere Atmosphäre weckte in jedem von uns ein gutes Gefühl.

129

„Nun, fangen wir an", sagte Sofia.

Auf die Leinwand wurden Szenen aus dem Katastrophengebiet projiziert und wichtige Elemente besprochen. Das irdische Chaos hat mich stark beeindruck. Ganz besonders die Verwirrung der Entkörperten. Als ich im Einsatz war, konnte ich die Einzelheiten des Geschehens gar nicht erfassen. Alle Helfer handelten und funktionierten, ohne zu überlegen. In einer solchen Ausnahmesituation ist das Tun das Wichtigste.

Die Schwelle zwischen Leben und Tod ist so schmal, dass sie von den meisten, die sie übertreten, erst viel später erkannt wird – besonders wenn der Übergang unerwartet eintritt, wenn der Übergang die Menschen überrascht.

Die Szenen aus dem Katastrophengebiet zeigten, dass die Entkörperten den Unterschied zwischen Materie und Geist nicht erkennen konnten. Sie verhielten sich, wie noch im physischen Körper. Erst als sie in ihrer Verzweiflung merkten, dass keiner sie hörte, dass die Sanitäter an ihnen vorbei liefen oder sogar durch sie hindurch gingen, ohne sie zu beachten, begriffen sie, dass eine Veränderung stattgefunden hatte, die sie aber nicht verstehen konnten.

Diese Verzweiflung und die anschließende Verwirrung auf der Leinwand zu sehen, berührte mich sehr. Besonders die Fälle, in denen die Entkörperten die Hilfe unserer Mannschaft nicht annahmen. Sie nahmen uns nicht wahr. Sie hörten und sahen uns nicht. In dieser Situation mussten wir eingreifen und für eine kurze Zeit ihren freien Willen unterbinden. Wir betäubten sie mit unserer Energie und brachten sie zu den Hilfsstationen, wo sie die erste entscheidende Versorgung bekamen. In diesem Einsatz lernte ich, dass der unantastbare freie Wille in Ausnahmensituationen übergangen werden kann,

Es wurden uns Bilder aus den Erstehilfestationen gezeigt, die für diesen Einsatz eingerichteten wurden. Die Betroffenheit zeichnete sich in unsere Gesichter ab. Wir sahen Bilder von entkörperten Menschenseelen, die sich, nachdem sie in einer Hilfsstation versorgt worden waren, entschieden zurückzukehren, um nach Angehörigen zu suchen oder bei ihnen zu bleiben. Sie waren noch nicht bereit loszulassen. Sie hielten sich an dem gerade vergangenen Leben fest. Sie gingen aus Sorge um ihre Kinder und Ehepartner, aus Angst um ihre Wertsachen; sie gingen aus Wut und aus Verzweiflung, aber auch aus Zweifel an der Tatsache, dass es ein Leben danach gibt. Viele glaubten, die geistigen Helfer seien *normale* Menschen, die sie durch ihre Bitte mit ins Licht zu kommen, täuschen, einsperren und an ihrem Vorhaben hindern wollten. Jeder, der die Hilfsstation verlassen wollte, durfte gehen.

„Bedenkt, dass ihr oder einige von euch auch dieser Überzeugung wart", sagte Doc. „Das Leben nach dem Tod ist noch keine absolute Wahrheit auf

131

der Erde, auch wenn mindestens schon über zweitausend Jahre darüber berichtet wird."

„Wurde die Lehre Jesu zu früh an die Menschheit gegeben? War die Menschheit noch nicht bereit für Wahrheit? Ist die Menschheit denn heute bereit für sie?", fragte uns Sofia, ohne eine Antwort zu erwarten.

In der folgenden Zeit lernten wir, mit verschiedenen Situationen des Überganges in das andere Leben umzugehen und unternahmen einige Reisen zur Erdoberfläche.

Aufgrund des eigenen Lernprozesses sind nicht alle für die gleiche Hilfestellung geeignet, aber alle können helfen, das Ziel zu erreichen. Das Ziel, Erkenntnis in Handlung umzusetzen. Die große Herausforderung und Prüfung liegt darin, gemäß unserer Erkenntnis zu leben, wenn wir ein neues materielles Leben eingehen.

Aus der Ferne sieht die Welt anders aus. Der Weitblick verschafft uns Wahrheiten, die wir vorher nicht einmal erahnen können. Erst in einem Ballon erkennen wir, was in der Tiefe unsere Sicht versperrt. Hier half uns die Erfahrung anderer. Warum sollen wir durch dornige Büsche gehen, wenn wir ahnen können, dass sie uns verletzen? Andere haben schon die schmerzhafte Erfahrung gemacht. Daraus sollten wir eigene Lektionen beziehen.

Die darauf folgende Reise in Doc's Begleitung führte uns zum Ort der Katastrophe zurück. Die Trümmer waren zum Teil beseitigt, die Normalität, nach so vielen Monaten, oberflächlich zurückgekehrt. Die Menschen führten ihr gewohntes Leben fast wie vorher. Fast, weil sie sich dem Einfluss der Zurückgekehrten nicht entziehen konnten.

Unsere Reise hatte das Ziel, einige Zurückgekehrte und Zurückgebliebene zu überzeugen, mit uns mitzukommen. Wir stellten uns am Horizont auf. Jeder durfte sein Wirkungsfeld aussuchen. Manche entschieden sich für die Arbeit mit einer Gruppe Entkörperter; andere wandten sich an Einzelne. Ich konnte mich nicht sofort entscheiden und wanderte durch die Straßen. Plötzlich hörte ich ein leises Wimmern, welches im Lärm der Stadt unterging. Konzentriert folgte ich der leisen Stimme, die mich wie ein Wegweiser leitete. Vor einem zerstörten Haus blieb ich stehen. Das Dach war eingestürzt; dicke Balken stapelten sich übereinander auf dem Boden. Die Trümmer bildeten einen Hohlraum, aus dem das Wimmern kam. Dort weinte die eingesperrte Frau. Sie hielt ihr Kind im Arm und wiegte es in den Schlaf. Auch das Kind jammerte. Ich konzentrierte mich darauf die Materie, die mich von der Frau trennte, zu überwinden. Plötzlich stand ich neben ihr.

„Liebe Schwester, ich bin gekommen, um dich und dein Kind zu befreien", sagte ich und streckte

133

ihr die Hand entgegen, aber sie reagierte nicht. „Komm mit mir", wiederholte ich.

Doch die Frau hörte mich nicht. „Mein Baby, mein Baby" jammerte sie ununterbrochen.

Ich legte meine Hände über ihren Kopf, ohne ihn zu berühren, und verband mich gedanklich mit Doc, der sich irgendwo anders befand. Ich bat ihn um erlösende Worte, damit dieser Frau geholfen werden konnte.

„Gute Frau", versuchte ich weiter, „willst du in dieser Dunkelheit verbleiben, wenn draußen das heilende Licht scheint? Dein Kind kann nicht schlafen, solange es deinen Kummer spürt. Begleite mich hinaus. Nimm meine Hilfe an. Es wird Zeit, dass du zur Ruhe kommst; dass du und dein Kind in den erlösenden Schlaf fallen könnt."

Erschöpft streckte sie mir ihre Hand entgegen. „Guter Freund, wir können nicht hinaus. Wir sind hier eingeschlossen."

„Wenn ich hineingekommen bin, können wir auch hinausgehen. Vertraue mir. Schließe die Augen und entspanne dich", erwiderte ich und nahm ihre Hand.

Sekunden später waren sie befreit. Draußen, übernahmen die wartenden Geistbrüder Mutter und Kind. Doc kam mir entgegen und ich merkte, dass er zufrieden mit meiner Arbeit war. „Gut gemacht!" sagte er und umarmte mich.

„Danke!", flüsterte ich. „Ich fühle mich so beschenkt, auch wenn diese Erfahrung bedrückend und aufregend zugleich war."

„Mutter und Kind haben sich gegenseitig festgehalten", erklärte er. „Sie konnte das Kind nicht loslassen. Aus Angst konnte auch das Kind nicht gehen. Sie bauten eine so große Abhängigkeit auf, die wie ein starker Magnet wirkte. Resigniert schlossen sie sich in ihrem eigenen Schmerz ein und konnten nichts anderes mehr wahrnehmen. Jetzt haben sie die Möglichkeit geheilt zu werden und zu wachsen. Doch wenn sie nicht bereit gewesen wären, mit dir mitzukommen, hättest du nichts machen können", sagte er.

„Aber das wäre doch schlimm!", erwiderte ich empört „Ich würde sie zwingen mit mir mitzukommen."

„Es wäre dir trotzdem nicht gelungen. Denke an die Zurückkehrenden. Wir können sie nicht gegen ihren Willen bei uns halten."

Wieder einmal wurde ich mit der Auswirkung des freien Willens konfrontiert. Keiner kann für unser Leiden beschuldigt werden. Wir selbst sind dafür verantwortlich. Und nur wir selbst können uns davon befreien, indem wir die Angst überwinden, den ersten Schritt zu Erlösung wagen und Hilfe annehmen.

„Das waren unsere Prüfungen – ihre und meine. Durch die Überwindung unserer Ängste, haben wir das angeblich Unerreichbare bewältigt", sagte ich mir zufrieden.

Viele Befreiungsversuche danach scheiterten. Nicht ich scheiterte, sondern der Versuch. Für diese Menschenseelen war die Zeit ins Licht zu gehen noch nicht reif. Sie konnten sich von ihren Emotionen nicht lösen. Sie ließen sich von ihrer Wut, ihrem Ärger, ihren Sorgen, ihrer Angst und allem, was Menschen an die materielle Welt bindet, festhalten.

Eine ganz andere Erfahrung machte ich auf einer Reise in ein Krankenhaus. Dort begegnete ich vielen geistigen Brüdern und Schwerstern, die kranke Menschen versorgten. Ihre Medizin war beruhigende, vertrauenerweckende Gebete für den gewagtesten Schritt des Menschen – der Schritt ins Licht.

Sie blieben Tag und Nacht an der Seite ihrer Schützlinge, flüsterten ihnen ermutigende Worte zu, halfen ihnen, sich an wichtige Ereignisse zu erinnern, hauptsächlich um zu verzeihen und sich zu erlösen.

Heute kann ich nur bestätigen, dass nichts auf der materiellen Welt so wichtig ist, dass es uns dort festhalten sollte. Die Vorbereitungen auf das neue Leben dauern manchmal ziemlich lange. Sie sind notwendig, um den Menschen die Aussöhnung mit sich und anderen zu ermöglichen. In dieser Phase versucht die betreuende Geistbruderschaft verständlich zu machen, wie entscheidend es ist, alles hinter sich zu lassen. Was zählt, ist das Vertrauen in die Gnade der Schöpfung.

Damals im Krankenhaus beobachtete ich, wie sich ein Entkörperter und ein geistiger Bruder unterhielten. „Wie ist es möglich, dass ich hier stehe und gleichzeitig im Bett liege?", fragte der entkörperte Patient irritiert.

„Das passiert, wenn die Seele den Körper verlässt", erklärte der geistige Bruder. „Du bist eine Menschenseele, die den materiellen Körper gerade verlassen hat. Der Körper liegt jetzt leblos auf dem Bett. Du aber bist lebendig, stehst hier und sprichst mit mir. Nun begreifst du, dass das Leben nach dem Tod nicht vorbei ist."

Viele solcher Reisen habe ich mit der Gruppe gemacht. Reisen zur Überführung von dem einen in das andere Leben werden immer von einer Gruppe unter Aufsicht eines erfahrenen Bruders unternommen. Einerseits konnten wir stets unser Wissen erweitern und bedeutende Erfahrungen für unser Fortkommen machen; andererseits war sie eine dankbare Möglichkeit, den *Dienst am Nächsten* zu vollziehen.

Eines Tages bestellte mich Doc zu sich.

„Es muss schon etwas Außergewöhnliches sein", dachte ich und machte mich auf den Weg zum Bildungszentrum.

137

Er kam mir entgegen, legte einen Arm um meine Schulter, führte mich zum Sessel und sagte ernst:

„Setzt dich".

Ohne ein weiteres Wort zu sagen, schaltete er das Übertragungsgerät hinter sich ein und setzte sich mir gegenüber, auf die Kante des Schreibtisches.

„Ich habe dich selten so ernst und wortkarg erlebt. Was ist los, Doc?", fragte ich aufgeregt.

Auf der Leinwand erschien meine irdische Familie voller Kummer und Schmerz.

Doc schaute mich ernst an. „Es scheint so, als würde deine zweitjüngste Tochter bald die Erde verlassen", sagte er. „Der Zeitpunkt hängt davon ab, wie schnell sie das irdische Leben loslassen kann."

Diese Nachricht traf mich völlig unvorbereitet. Und dennoch, war meine größte Sorge in diesem Augenblick, wie ihr Umfeld, Ehemann und Kinder, Mutter und Geschwister darauf reagieren würden.

„Sie möchte nur gehen, wenn sie die Gewissheit hat, dass der Mann und die Kinder ihre letzte Reise akzeptieren."

„Was hat sie? Was wird ihre Entkörperung verursachen?", fragte ich.

„Sie hat einen Gehirntumor."

Unkontrolliert blitzten Gedankenfetzen auf. Auch wenn ich mehr über das Leben wusste als sie, hat mich diese Nachricht erschüttert. Ich wusste, dass der Druck von außen, den Druck in ihrem Kopf erhöhen und die verbleibende Zeit erschweren würde. Ihre Angehörigen waren von ihrer Stärke und Lebensfreude abhängig.

„Was kann ich für sie tun? Doc, sag mir bitte, wie ich ihr helfen kann. Darf ich zu ihr?"

Nein, ich durfte nicht zu ihr reisen, wie schon unzählige Male zuvor zur Hilfe anderer.

„Deine emotionale Körperschicht ist noch sehr empfindlich. Eine derartige Herausforderung würde dich eventuell zurückwerfen. Deine emotionale Stabilität könnte durch die Nähe deiner irdischen Familie beeinträchtigt werden. In einem unstabilen emotionalen Zustand bist du ihr keine Hilfe", erklärte er.

Er gab mir sein Übertragungsgerät. „Nimm es mit", sagte er, „dadurch kannst du einmal am Tag bei deiner irdischen Familie sein und sehen, wie sie mit der Situation umgeht. Von hier aus bist du ihnen eine größere Hilfe. Die Entfernung schafft emotionalen Abstand und du kannst besser beurteilen, was deine Tochter braucht. Sie ist dir sehr zugetan. Deine positiven Schwingungen wird sie wahrnehmen."

Als ich auf meiner Terrasse saß, überlegte ich, was mich erfüllte und warum das aktuelle Leben so anders war, als das vorherige. Ich erkannte, dass weder materieller noch gesellschaftlicher Druck vorhanden war, wonach man sich auf der Erde, nach ihren profitgesteuerten Regeln, richten musste.

Die Menschen wurden dafür geschaffen in kollektiven Verbänden zu leben. Dadurch sollte das gegenseitige Lernen und folglich der individuelle und gemeinschaftliche Fortschritt gefördert werden. Sie sind so unterschiedlich veranlagt, dass es nicht nur eine Wahrheit geben kann. Und alle Wahrheiten haben ihre Berechtigung. Verkrampft hatte ich versucht, mich an eine Wahrheit zu halten. Trotzdem war mein Leben weder ausgeglichen noch erfüllt. Ich war unglücklich und hatte das Gefühl, mich verbiegen zu müssen. Hier übe ich täglich mich so wahrzunehmen, wie ich bin, und lerne mich zu akzeptieren, ohne mich an einem Vorbild oder Muster zu orientieren.

An verschiedenen Tagen und zu verschiedenen Zeiten schaltete ich das Gerät ein und konnte meine irdische Familie sehen. Mein Hauptfokus lag bei meiner sehr kranken Tochter. Sie brauchte mich jetzt mehr denn je. Es war gut, dass sie noch zwischen den Kontinenten reisen konnte, zwischen Japan, wo sie mit ihrer eigenen Familie wohnte und Brasilien, wo Mutter und Geschwister lebten. Wenn ihre Kräfte schwanden, suchte sie Zuflucht in der alten Heimat bei Mutter. Dort war ihr Zuhause; dort fühlte sie sich geborgen.

Ich betete für sie, flüsterte ihr Mut zu, erzählte ihr von meinem jetzigen Leben und über die wunderschöne Stadt Esperanza.

Auch wenn sie während der Vorbereitungszeit einige Operationen und Krankenhausaufenthalte hatte, war sie besonnen und sehr, sehr tapfer. So hal-

140

fen wir uns gegenseitig. Ihre Tapferkeit beruhigte mich. Ich sah, wie ihr Körper schwächer wurde, obwohl ihre Seele intensiv leuchtete. Ende September 2012 gab er auf und ihre Seele war frei. Sie wurde liebevoll in einem Ort – wie Esperanza, im asiatischen Raum, aufgenommen.

Meine Tochter lebt noch dort, aber ich weiß, sobald sie stabil genug ist, wird sie wunschgemäß in eine geistige Stadt auf brasilianischem Gebiet wechseln.

Ob wir uns treffen werden? Sicherlich eines Tages.

Gedankenübertragung muss gelernt werden

Nach der anstrengenden und arbeitsrechen Zeit (waren es Monate oder Jahre?), kehrte die Ruhe zurück. Das Fortkommen ist eine Sprungfeder, die uns zunächst hinunter in die Lernprozesse presst. Sie drückt uns in die Auseinandersetzung mit uns selbst, mit unserer Vergangenheit, mit dem Unbewussten und Verdrängten aus einigen Leben, um uns mit Schwung in die Höhe zu katapultieren. Die Veränderung ist sowohl spürbar als auch sichtbar.

Ich genieße die ruhige und umsichtige Art, mit der wir miteinander umgehen, besonders den Respekt und die Achtung für das Leben. Bei einer Gesprächsrunde im Park, mit meinen engsten Freunden, machten sie mich auf die Farbe meines Gewandes aufmerksam. Tatsächlich waren die Farben heller, zarter und leuchtender. Ich freute mich über diese Veränderung, zumal sie sich unbemerkt an mir vollzog. Auch wenn ich selbst mit mir und mit allem, was mein Leben ausmachte, zufrieden war, blieb der Wunsch meine Geschichte über mein Leben nach dem Leben zu übertragen, unerfüllt. Sie sollte von jemandem im irdischen Leben, von einem Verkörperten bewusst aufgenommen, und nicht als Traum oder Déjà-vu verschmäht werden. Seitdem ich erlebt habe, wie schön und wichtig diese Arbeit für die Beteiligten ist, ließ mich dieser Wunsch nicht mehr los. Versunken in diesen Gedanken, entfernte ich mich innerlich von der Gruppe.

Nach einer Weile sprach mich Mauricio an. „Darf ich auf deine seelische Reise mit?", fragte er lächelnd und rückte näher.

„Lieber Freund, ich reiste gedanklich gerade durch die Kunstwerkstatt, die nicht weit von uns liegt. Also sehr weit bin ich nicht gekommen", fügte ich hinzu und erzählte ihm von meinem Wunsch durch fremde Hände zu schreiben.

„Diese Therapie brauchst du doch nicht", sagte er verwundert. „Oder habe ich etwas übersehen?"

„Nein", antwortete ich zögerlich, „als Therapie brauche ich es nicht. Aber ich habe meiner irdischen Familie sehr viel zu sagen. Ich möchte ihr die Angst vor dem Tod nehmen, die durch irreführende Belehrungen hervorgerufen wird. Ich möchte ihnen sagen, wie wunderschön diese Welt ist. Aber auch wie wir an Abenden, wie heute, mit Freunden im Park sitzen, uns über Gott und die Welt unterhalten und unserer universellen Verwandtschaft liebevoll gedenken. Ich möchte meiner Familie und allen, die es wissen möchten, sagen, dass Gott, die alles erschaffende Kraft, uns niemals verlässt. Und, vor allem, dass es keine Bestrafung gibt, weder Hölle noch Fegefeuer."

„Übertragungen solcher Art sind nicht jedem Bewohner von Esperanza gestattet", sagte Mauricio. „Viele Bewohner möchten sich mitteilen, um den Kummer der Angehörigen zu mindern. Sie dürfen kurze Botschaften übermitteln oder durch den Betreuer übermitteln lassen. Doch die meisten Menschen auf der Erde sind nicht bereit sie zu empfangen."

„Warum nicht", fragte ich.

„Hauptsächlich weil sie an sich selbst zweifeln. Es würde ihnen und dem Verstorbenen gut tun, wenn sie ihn verabschieden würden mit der Gewissheit des Wiedersehens."

„Genau darüber möchte ich berichten, Mauricio! Über unsere Gespräche, über die Erfahrungen, die wir miteinander gemacht haben und immer noch machen. Verstehst du?"

Mauricio legte sein Arm um meine Schulter und sagte nichts.

Etwas enttäuscht über meine Machtlosigkeit, holte ich tief Luft und richtete meine Aufmerksamkeit auf den blauen Stern, der mit den anderen um die Wette funkelte.

144

Ein paar Tage später überraschte mich die Nachricht, ich sollte mich bei Manu, in der Kunstwerkstatt vorstellen. Neugierig gespannt, traf ich zur vereinbarten Stunde ein und lernte sie kennen.

Manu war (und ist) eine sehr interessante Gestalt. In ihrem leuchtend weißen Gewand bewegte sie sich so leicht wie eine Elfe. Mit der Zeit entdeckte ich auch ihre sehr männliche Art. Sie war tatsächlich eine Mischung von beiden Geschlechtern.

Für mich steht ihre Weiblichkeit im Vordergrund. Andere nehmen eher ihre männlichen Eigenschaften wahr. Gewöhnungsbedürftig. Doch Manu meistert diese Besonderheit mit großer Klasse.

„Komm, setzen wir uns", sagte sie und führte mich zum Sessel. „Also, du möchtest die Kunst der Übertragung erlernen, nicht wahr?" Sie strahle so viel Selbstbewusstheit aus, dass es mich etwas einschüchterte. „Dieser Mauricio!", dachte ich und wusste nicht genau, ob ich mich wirklich darüber freuen sollte.

„Ja!", antwortete ich leise.

„Das klingt aber nicht überzeugend!", sagte sie.

In dem Moment wurde mir klar, dass es ein Fehler war überhaupt daran gedacht zu haben. Diese Sache mit dem Schreiben war aussichtslos. Ich war noch nicht bereit, diese Herausforderung anzugehen.

„Wenn du dich von der ersten Schwierigkeit entmutigen lässt, dann wirst du wirklich scheitern", sagte sie.

In meiner Aufregung vergaß ich, dass ich meine Gedanken auch vor Manu nicht verbergen konnte. Es ärgerte mich, die Anspannung nicht unter Kontrolle zu haben und gleichzeitig schämte ich mich dafür, denn verbergen konnte ich sie nicht.

Sanft wie eine große Schwester schaute Manu mich an. „Dass wir die materialisierte Gedankenform Sprache nicht mehr brauchen, weißt du sicherlich. Übung und Zeit sind große Meister", sagte sie. „Wenn du wirklich bereit bist deinen Wunsch in Handlung umzusetzen, würde ich mich sehr freuen, dir das Schreiben und die Übertragung beizubringen."

Ich war eine Weile sprachlos und überlegte, ob es nicht besser wäre, mich für ihre Mühe zu bedanken und zu gehen. Ja, ich wollte fliehen – fliehen zu meinen verständnisvollen Freunden, wo ich mich in Sicherheit und Vertrautheit wiegen konnte. Aber ich war wie angeklebt, gefesselt an dem Stuhl, vor der unheimlichen Frau, die gleichzeitig streng und sanft, weiblich und männlich war. Ein gewöhnungsbedürftiges Wesen im Aussehen und in der Persönlichkeit.

Sie fragte mich und ich erzählte ihr, was ich vor hatte. Im Verlauf des Gesprächs veränderte sie sich, oder ich mich, oder meine Wahrnehmung. Bald merkte ich, dass sie doch nicht so furchterregend war, wie ich zunächst annahm.

Wieder einmal wurde ich mit meinen Ängsten und Vorurteilen konfrontiert. Auch wenn ich dachte, ich hätte dieses Hindernis schon längst überwunden, stellte ich fest, dass noch immer eine Prise ängstlicher Verunsicherung in mir lebte. Unsicherheit... Nährboden für Vorurteil, Befangenheit, Intoleranz, Engstirnigkeit, Verblendung und Fanatismus. Das habe ich aus meinem irdischen Leben mitgebracht und mich noch nicht gänzlich davon gelöst. Diese Erkenntnis beruhigte mich.

Unbeeindruckt erklärte Manu die Techniken der Übertragung von Bildern und Sprache, als wir zu den Übertragungsräumen gingen.

„Wie du siehst, sind die Möglichkeiten breitgefächert", sagte sie. „Die Übertragung von unserer Ebene in die materielle Welt ist immer eine bewusste. Das heißt, es gibt einen Grund, warum jemand aus dieser Ebene Bilder, Sprache oder Musik an einen Empfänger auf der Erde übermittelt. Meistens wird diese Arbeit aus Therapeutischen- oder Aufklärungsgründen gemacht."

Ich dachte einen Moment darüber nach. „Aber jemand muss doch die Übertragung empfangen und in Bild oder Schrift umsetzen?"

„Einen Empfänger auf der Erde muss es geben. Doch im Gegensatz zum bewussten Sender, kann der Empfang auf der Erde, bewusst oder un-

147

bewusst stattfinden. Der unbewusste Empfang nennen die Menschen *Intuition* oder *Geistesblitz*", sagte sie.

„Geistesblitz... Das sagen die Menschen, wenn sie eine Idee haben, die nicht aus eigenen Gedanken stammt", staunte ich. „Aber an Geister wollen sie nicht glauben."

„Ja, genau", stimmte sie mir zu. „Woher soll der Blitz denn kommen?"

„Ich hoffe, dass ich lernen kann, Blitze zu erzeugen", sagte ich viel entspannter.

„Das alles hat mit dem unbewussten Empfang zu tun. Im Gegensatz dazu, findet ein bewusster Empfang durch Menschen statt, die die geistige Ebene und den stattfindenden Austausch zwischen den Welten anerkennen und sich bewusst als Mittler, als Bindeglied zur Verfügung stellen", erklärte sie.

Manu zeigte mir die unterschiedlichen Formen des Empfangs. Ich war sehr an der Technik interessiert und wollte den genauen Ablauf verinnerlichen. Wir beobachteten eine junge Frau, die in einer der Übertragungskabine saß und ein Bild malte – ein Sommertag aus einem ihrer Leben auf der Erde. Auf dem Übertragungsgerät sahen wir, wie ein Maler auf der Erde vor seiner Leinwand stand und auf Inspiration wartete. Er überlegte, ging ziellos durch den Raum, blätterte in ein paar Zeitschriften und legte sie wieder auf den Stapel. Er ging zurück zu seiner Leinwand, strich mit beiden Händen über das Gesicht und schloss die Augen. Plötzlich begann er zu malen. Strich für Strich malte er das Bild, was auch vor uns entstand.

Ich war begeistert.

„Das ist ein Beispiel für einen unbewussten Empfang. Der Künstler wird von unserer Schwester inspiriert, ihre Erinnerung zu malen. Er selbst kennt diese Landschaft nicht", erklärte Manu. „Jetzt zeige ich dir auch einen bewussten Empfang. Dafür müssen wir in die Schreibwerkstatt wechseln."

Dort saßen einige Menschenseelen und hielten Zettel in ihren Händen. Einige konzentrierten sich und übertrugen ihre Gedanken, andere lasen laut ihre Notizen.

Manu fragte einen Bruder, ob wir bei seiner Übertragung dabei sein könnten. Mit seiner Zustimmung schaltete sie das Gerät ein, so dass wir auch den Empfänger beobachten konnten. Auf dem Monitor sahen wir eine schlafende Frau.

„Es ist Nacht auf der Erde", sagte Manu, „die beste Zeit für sie, die Botschaft unseres hiesigen Bruders zu empfangen. Der Verstand ist inaktiv und kann sie nicht beeinflussen."

Interessiert, sah ich, wie der hiesige Bruder sie leise rief. „Schwester, ich bin es. Ich möchte dir etwas sagen. Kannst du es aufschreiben?"

Die schlafende Frau drehte sich hin und her im Bett. Im Halbschlaf stand sie auf, nahm Papier und Stift, setzte sich an den Tisch und schrieb. Als die Übertragung abgeschlossen war, ging sie zu Bett und schlief weiter.

„Ist das nicht auch ein Beispiel von unbewusster Übertragung?", fragte ich etwas irritiert.

„Nein, im Gegenteil", antwortete Manu. „Beide Partner vereinbarten, dass die Übertragung so ablaufen soll. Frei von externen Einflüssen, kann die Frau die Worte des Senders deutlicher empfangen und aufschreiben."

„Aber warum kann sie die Botschaft nicht am Morgen aufschreiben, wenn sie natürlich wach wird?"

„Selbstzweifel lassen sie befürchten, durch die Beeinflussung des Verstandes, Teile der erhaltenen Botschaft zu vergessen oder sie falsch darzustellen. Im wachen Zustand kann sie schlecht zwischen ihren eigenen und *fremden* Gedanken unterscheiden. Je enger die Bindung und das Vertrauen zu ihrem geistigen Bruder desto sicherer wird sie. Sie wird daran wachsen und neu entscheiden, wann und wie der Kontakt zwischen ihnen am besten stattfinden kann."

Diese Fertigkeiten waren Ziele, die ich mir stellte. Es reicht nicht zu wissen und zu verstehen, dass die Interaktion zwischen Realitätswelten funktioniert. Sie müssen in Taten umgesetzt werden, damit das Ziel erreicht werden kann. Und mein Ziel war erreichbar, doch nicht ohne Mühe. Ich musste lernen meine Gedanken ordentlich aufzuschreiben, denn die Menschen auf der Erde, sollten mich auch verstehen und meine Schilderungen nachvollziehen können.

Auf der geistigen Ebene ist die Geschwindigkeit der Kommunikation um ein Vielfaches höher als in einer materiellen Welt. Sie findet statt, indem Sprache und Bilder kombiniert werden. Gegenstände werden hauptsächlich in Bildern gesendet. Wenn ich sagen will: „stell das Glas auf den Tisch", erscheint im Kopf meines Gesprächspartners ein Bild, das dies darstellt. So werden die Gedanken genauer und schneller übermittelt als durch Worte. Um mein Vorhaben zu ermöglichen, musste ich lernen, die gesprochene Sprache wieder vollständig einzusetzen. So übte ich überall und zu jeder möglichen Zeit.

Die größte Schwierigkeit dieses Vorhabens war, die Mitglieder meiner irdischen Familie auf ihre Empfangsbereitschaft zu prüfen. Ich war bereit, alles zu unternehmen, um meinen Plan umzusetzen. Und aus dieser Sicht heraus war ich mir sicher, dass mein Wunsch in Erfüllung gehen würde. Die Bereitschaft der anderen hatte ich in meine Überlegungen nicht einbezogen.

Ich übte fleißig, schrieb alles, was mir einfiel auf, überarbeitete die Notizen, fügte einiges hinzu und manches löschte ich. Langsam bekam die Erzählung ein Format, mit dem ich zufrieden war. Doch die Suche nach dem passenden Empfänger gestaltete sich schwierig. Bedauerlicherweise mussten auch die geistigen Helfer feststellen, dass niemand aus meiner Familie für den Empfang geeignet war. Sie empfingen durchaus das, was ich ihnen erzählte. Es fehlte ihnen das Vertrauen, dass es sich um reale Ereignisse handelte und beließen sie in der Traumwelt.

Es bestätigte sich, dass der Empfang am ehesten stattfand, wenn ihre Körper ruhten und ihre Seelen von Einflüssen des Verstandes befreit waren. Wir konnten uns sogar unterhalten und ich freute mich sehr darüber. Als die Nacht vorüber war, wurde das Erlebte als ein schöner Traum abgewertet und nicht mehr darüber nachgedacht. Ich war richtig frustriert mit dem Ergebnis der Experimente, dennoch übte ich fleißig weiter. Ich wollte nicht aufgeben. Auch wenn kein Familienmitglied mich wahrnahm, würde bestimmt ein Mitglied der Kirchengemeinde es tun, hoffte ich.

Eines Tages kam Manu mit strahlenden Augen und breitem Grinsen im Gesicht.

„Ich habe jemand gefunden!", jubelte sie. Wenn sie nicht so gestrahlt hätte, würde ich meinen, dass sie scherzte, um mich aufzumuntern. „Man spielt nicht mit den Gefühlen anderer", sagte ich verärgert, „das müsstest du wissen."

Manu schaute mich überrascht an. „Ich hätte behutsamer damit umgehen sollen", sagte sie. „Ich habe mich so gefreut, dir mitzuteilen, dass du deinen Wunsch erfüllen kannst, dass..."

152

„Ich bin gespannt, wer das sein könnte, zumal die ganze Familie und alle Mitglieder der Kirchengemeinde ohne Erfolg getestet wurden".

„Setze dich", sagte sie und schob mich regelrecht zum Sessel. „Deine Nichte, die in Deutschland lebt, kann es!", sagte sie und tänzelte vor mir wie ein freudiges Kind. „Sie kann es wirklich. Dies muss gefeiert werden."

In dem Moment konnte sie mich weder mit ihrer Aussage noch mit ihrer überschwänglichen Freude berühren. Ohne Punkt und Komma, erzählte sie, dass sie ihren Spürsinn und ihre Verbindung zu höheren Gefilden verstärkt eingesetzt hatte und erfuhr, dass meine Nichte sich zu einer Frau mit guter Verbindung und Verständnis für die geistige Welt entwickelt hätte. „Zu ihrem Fortschritt gehört auch die bewusste Kommunikation mit der geistigen Ebene des Lebens", sagte sie, „und darauf wird sie derweil intensiv vorbereitet."

Manu setze sich zu mir. „Ich dachte, du würdest dich mindestens genauso freuen wie ich", sagte sie. „Sie hat noch einiges zu lernen. Ich vertraue meiner höheren Geistbruderschaft, die sich ihrer Ausbildung widmet. Wir müssen nur noch etwas Geduld haben. Du übst hier und sie dort; und bald werden wir euch zu einander führen."

153

Austausch zwischen den Ebenen

Manus Freude von Tagen oder Monaten zuvor war mir unvorstellbar. Mein Vorhaben gestaltete sich schwieriger als angenommen. Dementsprechend zweifelte ich und war mir nicht mehr sicher, ob es einen Sinn hatte, daran festzuhalten. In meiner Vorstellung zu Beginn des Projekts, war alles sehr einfach. Ich stellte mir vor, meine Gedanken aufzuschreiben, die Welt in der ich lebe zu beschreiben und sie ins Ohr eines meiner Lieben zu flüstern. So einfach hätte es sein können. Im Grunde wollte ich ihnen nur sagen, dass ich ein reges Leben führe, auch nach dem Tod meines materiellen Körpers. Ich wollte ihnen mitteilen, dass ich nicht einfach auf einer Wolke schwebe, mich langweile oder im Höllenfeuer schmore.

„Jetzt auszusteigen wird nicht leichter sein", sagte ich mir. Die hochmotivierte Manu an meiner Seite ermutigte mich, nicht aufzugeben.

„Es ist alles zu kompliziert", sagte ich enttäuscht.

„Von wegen kompliziert!", erwiderte sie. „Es ist lediglich eine organisatorische Herausforderung. Wozu sind wir hier, wenn nicht um Herausforderungen anzunehmen und daran zu wachsen?" fragte sie mich ohne wirklich eine Antwort zu erwarten.

Ich schaute sie an und schüttelte abwehrend den Kopf.

An jenem Tag verließ ich die Kunstwerkstatt voller Zweifel. Und doch staunte ich über die Windungen des Lebens, die uns überraschen, unabhängig von der Ebene, auf der wir leben.

„Wenn ich den Wunsch nicht gehabt hätte, würde ich meiner Nichte nicht wieder begegnen", grübelte ich, „auch nicht, wenn wir in meiner Familie einen Empfänger gefunden hätten."

Das Puzzle des Lebens überraschte mich wieder einmal mit einem weiteren passenden Teilchen. Langsam verstand ich, was der Plan Gottes bedeutet. Ich erkannte, dass unsere Lebensaufgabe darin liegt, jedes auch noch so kleine Teilchen unseres göttlichen Wesens zu finden und sie zusammenzuführen. Jedes einzelne Stückchen gibt uns einen Teil unserer göttlichen Einzigartigkeit zurück. Die Suche geht solange, bis wir das Ziel erreicht haben – die individuelle Makellosigkeit. So gestaltet sich unser Weg ins vollkommene Licht, in dem wir die Teilchen unserer

Einzigartigkeit finden und sie zu einem vollkommenen Bild zusammensetzen.

Mir wurde deutlich, wie die geistige und die materielle Welt voneinander abhängig ist, um in Freiheit, Frieden und vor allem in Liebe zu bestehen. Ohne die Annahme und Erkenntnis einer geistigen Welt, lebt der materielle Mensch eine Illusion. Ohne die Bereitschaft der Menschen sich dieser geistigen Welt zu öffnen, können die Menschenseelen, aus der geistigen Welt, sich der materiellen Welt nicht mitteilen. Beide brauchen den Austausch, um Fortschritt und Entwicklung voran zu treiben. Ein Empfänger ohne Sender ist genauso wirkungslos, wie ein Sender ohne Empfänger.

Manu ermutigte und überzeugte mich, die Abhängigkeit von meiner Nichte zu akzeptieren, zumal sie eine Erlösung für uns beide bedeutete. So übte ich, klare Gedanken zu formulieren und Bilder in Worte zu kleiden, während meine Nichte Anne auf der Erde, auf den bewussten Empfang von Bildern ausgebildet wurde, um später auch Sprache empfangen zu können.

Manu bemühte sich und war eine gute Lehrerin. Sie zeigte mir Beispiele und ermutigte mich, kleine Versuche zu wagen. Dazu setzte sie mich zu Fortgeschrittenen, die ihre Übertragung von Bildern oder Worten erfolgreich meisterten.

Ich vernahm, dass die größte Schwierigkeit im Austausch zwischen den Ebenen beim Empfänger

156

lag. Ganz besonders schwierig gestaltete sich bei ihm die Unterscheidung zwischen eigenen und fremden Gedanken. Viel Übung und gute Anleitung aus höheren, geistigen Kreisen sind notwendig, damit ein gesegnetes Ergebnis beiderseits stattfinden kann.

Dadurch, dass der Empfänger wie ein Radio, verschiedene Wellenlängen empfangen kann – so auch die von entmaterialisierten Menschen aus seiner näheren Umgebung – ist es wichtig, diese zum eigenen Schutz zu unterscheiden. Besonders vorsichtig sollte der Empfänger sein, wenn er Voraussagungen, Zukunftsdeutungen und Prophezeiungen bekommt. Solche Informationen sind völlig irrelevant für die seelisch-geistige Entwicklung. Von derartigen Botschaften sollte er Abstand nehmen und die höhere Geistbruderschaft um Schutz bitten.

Immer wenn Manu über die Ernsthaftigkeit eines Vorhabens, wie das meine, sprach, veränderte sie sich so, dass ich das Gefühl hatte, ihre Augen konnten tief in mein Wesen hinein schauen.

„Das, was wir hier machen", sagte sie so ernst, dass ihre ganze Leichtigkeit verschwandt, „ist kein Spiel, wie Gläserrücken, Kettenziehen oder Spuken. So etwas wird von Entmaterialisierten verursacht, die noch nicht bereit sind ins Licht zu gehen, weil sie das Licht durch Gier, Hass, Mutlosigkeit oder andere gefangenhaltenden Emotionen nicht wahrnehmen können. Sie wollen Aufmerksamkeit. Diese Men-

157

schenseelen müssen ins Licht. Sie brauchen sowohl die Hilfe der geistigen Geschwisterschaft, die sie nicht aufgibt, als auch die Hilfe der Menschen auf der Erde. Ein kurzes inniges Gebet kann definitiv Wunder bewirken."

Manu erklärte mir, dass nicht alle Bewohner der geistigen Welt die Erlaubnis bekommen, umfangreiche Informationen an die materielle Welt zu senden. Jeder darf Angehörigen kurze Botschaften senden, wenn sie der eigenen Entwicklung oder der Heilung dienen. Aber nur wenigen ist es erlaubt, längere Beschreibungen zum Zweck der Aufklärung zu übermitteln. Nach dieser Erläuterung fühlte ich mich etwas sicherer.

„Manu", sagte ich, „ich war kein guter Mensch auf der Erde. Nicht von der schlimmsten Sorte, aber ich war sehr ungerecht und aggressiv. Ich habe Menschen mit Worten und mit Ablehnung misshandelt, manchmal auch mit Fäusten und Schlägen. In meinen jüngeren Jahren war ich cholerisch und alles andere, als der gute Nachbar von nebenan, schon gar nicht ein guter Vater, Bruder und Onkel. Später mit dem Alter, wurde ich ruhiger, eigentlich müder und kraftloser. Die Energie zu heftigen Auseinandersetzungen fehlte mir. Und trotzdem wurde ich ins Licht getragen, gepflegt, behandelt, betreut, in Liebe aufgenommen und eingebettet. Nun bekomme ich eine zusätzlich Belohnung – das Geschenk, meine Geschichte erzählen zu dürfen. Doch Gottes Plan

158

führt mich zu einem Menschen, dem ich viel Unrecht und Schmerz zugefügt habe. Wie wird meine Nichte reagieren, wenn sie von unserem, viel mehr, meinem Vorhaben erfährt?"

Manu schaute mich an, als hätte sie dieses Geständnis schon länger von mir erwartet und schenke mir ein paar Sekunden Reflektion.

„Wir gestehen unsere Fehler weder uns selbst noch den Betroffenen aus Angst vor den Konsequenzen ein, besonders vor Liebesentzug. Jeder Mensch kennt den Schmerz, den dies verursacht. Aber ist es wirklich einfacher mit der Schuld zu leben?", fragte sie, ohne meine Antwort zu erwarten. „Schuldgefühle vergiften das Leben. Langsam wirken sie auf Körper und Seele. Oft vernichten sie die Freude am Leben und hinterlassen Einsamkeit und Schwermut."

Ich schaute sie an und fragte mich, was tatsächlich schlimmer war: Liebesentzug oder Schuldgefühle.

„Ja, beide sind unerträglich", antwortete sie auf meine nicht offen gestellte Frage. „Und doch schleppen wir sie mit uns herum, manchmal durch viele Leben hindurch. Das müsste nicht sein, wenn die Menschen in der Lage wären, zu verzeihen. Ja, Verzeihen heißt die Lösung. Sich und andere mit dem Herzen verzeihen. Der Verstand verzeiht oberflächlich, aus Vernunft. Das Gefühl, mit ganzem Herzen verziehen zu haben, ist wesentlich tiefer.

Klingt leicht, ist aber ein großes Hindernis, das von der Menschheit noch überwunden werden muss."

Ich wünschte, mich hätte jemand aus meinem früheren Leben so aufgeklärt. Doch hier habe ich gelernt, dass nur wissen nicht reicht. Durch Wissen werden wir nicht weiser. Weiser werden wir indem wir Wissen in Handlung umsetzen.

Ich blickte auf und sah, wie ernst Manu war. Selten habe ich sie so erlebt.

„Konzentriere dich auf das Wesentliche", sagte sie nach einer Weile. „Um alles andere kümmern wir uns."

In den nächsten Tagen versuchte ich mir vorzustellen, wie es wäre, wenn alles gut ginge, wenn meine Nichte bereit wäre meine Erzählung aufzunehmen und sie niederzuschreiben.

Meine Überlegungen wurden prompt durch eine dicke Schicht Zweifel bedeckt und erstickten meine Vorfreude im Keim. Meine Zweifel waren nicht unberechtigt.

Eines Tages kam Manu zu mir. Sie strahle wesentlich weniger als sonst. „Wir treffen auf Widerstand", sagte sie. „Deine Nichte fühlt sich von der Vergangenheit nicht genug losgelöst um ungehindert deine Geschichte zu empfangen. Sie lehnt es ab."

„Das war zu erwarten", sagte ich enttäuscht. Mein Herz pochte, als wollte es meine Brust sprengen. „Warum sollte sie sich auf mich einlassen? Sie, die es so schwer hatte. Geschlagen habe sie; misshandelt und gedemütigt habe ich sie als Kind und junge Erwachsene. Es war zu erwarten!", sagte ich, den Tränen nah.

„Beruhige dich". Manu, umarmte und tröstete mich. „Unterschätze nicht die Macht und die Liebe höherer Mächte. Du weißt ja: wir werden mit unserem Kummer und unseren Sorgen nicht allein gelassen. So wie du unsere vollste Unterstützung genießt, so unterstützen wir auch deine Nichte. Sie muss sich selbst entscheiden, ob sie einwilligt oder nicht. Ihr freier Wille ist entscheidend. Aber wir geben nicht auf."

Sie schaute mich direkt an. „Ihre Zweifel sind schon geringer geworden. Ich kann mir gut vorstellen, dass sie uns eine positive Antwort geben wird, weil ich sie inzwischen gut kenne. Wir müssen uns gedulden und ihr Zeit lassen."

Als Manu das sagte, konnte ich meine Tränen nicht mehr zurückhalten.

Gespannt aber erwartungslos übte ich eifrig und hoffte auf eine gute Nachricht. Täglich stellte mir vor, wie ich darauf reagieren würde.

Das Projekt kann starten

Es war der siebenundzwanzigste Juli, der Tag meines irdischen siebenundsiebzigsten Geburtstags. Anne und ich saßen uns gegenüber, in einem Raum zwischen Himmel und Erde. Beide strahlten ein seltsames Gefühl von Vorbehalt und Freude aus und hatten im Inneren die Sicherheit – alles wird gut! Und ich begann zu erzählen.

Die Augen wollten sich nicht öffnen. Meine Augenlider fühlten sich an, als wären sie aus Blei. Ich strengte mich an, aber sie fielen immer wieder zu. Sicherlich kennst du auch dieses Gefühl, wenn ein grelles Licht dich blendet oder wenn du wach wirst, aber die Augen sich nicht öffnen lassen. So war es an diesem Tag. Ich war wach, die Augen wollten aber nicht wach werden.

Jemand kam zu mir und beruhigte mich. Ich hörte die Stimme sagen:

„Entspanne dich. Es wird schon. Ich versuche das Zimmer zu verdunkeln, damit dir das Erwachen leichter fällt." Ich merkte, wie sie sich von mir abwandte.

Ein seltsames Gefühl der Geborgenheit umgab mich....

So fing alles an.

Heute ist unser letztes Treffen. Dieses Projekt ist abgeschlossen. Wir verabschieden mit der Freude zweier Menschen, die eine gemeinsame Reise unternahmen, Freunde geworden sind und viel voneinander lernten – Anne durch meine Beschreibung, ich durch ihr offenes Herz.

Aus dem Wunsch, meiner Familie eine Botschaft zu schicken, in der ich in erster Linie meine tiefste Reue eröffne, sie um Verständnis und Vergebung für meine Fehler bitte, wurde eine Schrift von vielen Seiten, mein Beitrag und Versuch, ihnen die Angst vor den Tod zu nehmen und ihnen die Schönheit meiner jetzigen Welt zu offenbaren.

Hier konnte ich heilen und wachsen, aber nicht ohne Anstrengung. Hier habe ich den Mut entwickelt, zu mir, zu meinen Makeln und meiner Unvollkommenheit zu stehen. Hier wurde mir manches Geheimnis offenbart, wie das, über die Zukunft meiner Eltern. Was ich über meinem Vater erfahren durfte, habe ich hier besprochen. Das einzige, was mir über Mutter offenbart wurde, war, dass sie schon auf der Erde verweilt, um sich auf das Treffen mit Vater vorzubereiten. Sie werden ein weiteres Leben gemeinsam verbringen. Mutter hatte den Wunsch,

163

ihm all die Liebe geben zu wollen, die sie aus verschiedenen Umständen nicht geben konnte. So wird sie ihn als ihr Kind empfangen.

Dieses Projekt gewährt einen winzigen Einblick in die Gesetze Gottes und in die göttliche Ordnung. Gottes Plan ist Heilung und Rückkehr zum Ursprung. Unter der Betrachtung, dass alle Wesen des Universums göttlich sind, ist unsere Rückkehr zur Lichtsphäre ein unaufhaltsamer Prozess. Diese Niederschrift wurde nur möglich durch die Zusammenarbeit aller Beteiligten, den Einsatz von Manu, Mauricio und allen Wegweisern und Lehrern. Doch ohne meinen Mut innerlich zu wachsen, den Sinn meines Lebens erkennend und letzten Endes, ohne die herzliche und verantwortungsvolle Zusammenarbeit mit Anne, hätte dieses Projekt nicht realisiert werden können.

Nicht auszuschließen ist, dass wir uns bald wieder begegnen, wenn Gottes Plan es vorsieht und unter Gewährung unseres freien Willens.

Der Mensch ist nicht einfach eine mehr oder weniger feste Masse, von komplexen chemischen Vorgängen durchdrängt und von einem machtvollen Gehirn belebt. Sein wahres Ich, nennen wir es Seele, Geist oder Bewusstsein stirbt nicht, ist unzerstörbar und ewig.

Das Wesentliche dieser Reise war, zu lernen und zu erfahren, dass Vergebung im Herzen und nicht im Verstand stattfindet, unabhängig von der Ebene, auf der wir uns befinden.

Wie ich schon erwähnte, die Narben bleiben, wie die von Windpocken, und erinnern uns an das, was war. Doch der Schmerz kann nicht mehr gespürt werden, weil er aufgelöst wurde.

\#

7 (,/\#,\#

Einleitung

Seit Tagen bemerke ich die Vorbereitungen, die neben mir oder um mich herum stattfinden. Diese Fetzen von Eingebungen lösen in mir unbeschreibliche Gefühle aus. Subtile Bewegungen lassen mich erahnen, dass etwas geschehen wird. Ich fühle mich wie vor einer Überraschungsparty, die nicht gänzlich verborgen bleiben konnte – man merkt, dass etwas im Busch ist. So geht es mir seit ein paar Wochen.

An diesem frühen Morgen, sehe ich Günther vor meinem geistigen Auge. Sein Besuch überrascht mich nicht wirklich. Er ist die Antwort auf meine Empfindungen der letzten Wochen. Ich freue mich ihn zu treffen und stelle direkt fest, wie sehr er sich innerhalb eines Jahres verändert hat. Günther strahlt. So viel Licht und Energie waren damals nicht vorhanden. Im Gegensatz zur melancholischen Stimmung unseres Gesprächs vom vorherigen Jahr, trägt er nun ein breites Lächeln im Gesicht. Ein leuchtendes, zartes Gewand verdeckt seinen Lichtkörper. Seine Aura strahlt.

Günther streckt mir seine Arme entgegen und begrüßt mich ohne Worte. Dort, wo wir uns berühren, sehe ich unsere Energie in einander gleiten, ohne sich zu vermischen. Vor meinem geistigen Auge öffnet sich ein Panorama wie eine Theaterkulisse, die herein geschoben wird. Die karge Bühne auf der unser erstes Gespräch stattfand, entwickelte sich zu einem Blumenmeer.

Wir befinden uns inmitten einer von Gänseblümchen übersäte Wiese, auf einem Hügel. Tief unter uns dreht sich der wunderschöne und zerbrechliche blaue Planet Erde. Wir setzen uns. Der Duft von frischem Gras kitzelt in meiner Nase. Hin und wieder sehe ich kleine Insekten fliegen und welche, die sich im Blütenstaub suhlen wie junge Ferkel im Schlamm. Ich beobachte eine kleine Libelle vor mir, die hoch fliegt, um im Sturzflug in eine Blüte hinein zu tauchen. Als sie die Prozedur wiederholt und in der Höhe meiner Augen zum Sturzflug ansetzt, erkenne ich ein winziges Wesen, mit dem Aussehen eines Menschen, versehen mit hauch dünnen, zarten Flügelchen.

Günther erklärt mir, dass die Schatten der vergangenen Zeit durch Klarheit ersetzt wurden. Er fragt mich ob es schon Monate vergangen waren. „Ach sogar ein Jahr!" staunt er. Es gibt sie noch, die Schatten, aber die Hoffnung und das Vertrauen auf

Auflösung lassen ihre Umrandung aufleuchten wie Gewitterwolken, die von der Sonne angestrahlt werden.

Die schöne und trostspendende Kulisse in der wir uns befinden, suchte er bewusst aus.

Es überraschte mich nicht, dass die dunkle Bühne, auf der unser vergangenes Gespräch stattfand und unsere Gemüter so genau wiederspiegelte, aufgelöst wurde.

Ich frage nach dem Grund seines Erscheinens.

Er bittet mich, den letzten Teil seiner Geschichte aufzuschreiben und beginnt zu erzählen.

Am Morgen des 18.07.2015

Das Wiedersehen

Ich liebe die Natur, das Landleben, das einfache Leben fern der Großstadthektik. Wundere dich nicht, dass wir von Kleinstwesen umgeben sind. Ihre Aufgabe ist, alles zu schützen und zu erhalten, was nicht Mensch ist. Sie erfüllen ihre Aufgabe mit Hingabe und großer Freude.

Ungetrübte Freude können nur diejenigen genießen, die sich der göttlichen Fürsorge und dem göttlichen Schutz voller Vertrauen hingeben und das göttliche Gesetzt der Solidarität als Lebensinhalt haben. Solidarisch zu sein bedeutet, schwächeren, unbeholfenen, unbewussten, unzulänglichen und suchenden Mitmenschen beizustehen, ihnen Hilfe und Mitgefühl entgegen zu bringen, ohne die Grenzen der Willensfreiheit zu überschreiten.

Die Zusammenhänge und das Wechselspiel zwischen der materiellen und geistigen Welt werden mir immer deutlicher. Alle göttlichen Wesen sind aufgefordert, zum Gleichgewicht und der Entwicklung der Ebenen beizutragen. Bedauerlicherweise sind es die Menschen mit ihrem großartigen Verstand, die das Gesetz der Solidarität am wenigstens erfüllen.

Bewusstwerdung ist wie Fahren auf einem Laufrad – anfangs schwer und langsam, mit ein wenig Übung einfacher und schneller. So geht es auch uns bei der Anerkennung der Wechselwirkung zwischen der geistigen und der materiellen Welt. Wenn wir uns auf die Thematik, ohne Vorbehalte einlassen, uns von veralteten und längst überholten Dogmen befreien, werden wir den Sinn unseres Lebens, auch nach dem Ablegen des materiellen Gewandes, begreifen. Unsicherheit, Angst und mangelndes Vertrauen in die universelle, schöpferische und allmächtige Kraft sind der Grund, warum der Mensch sich mit dem Tod nicht auseinander setzt.

Ausschlaggebend für diese Schrift war mein Wunsch, Beispiel und Beweis zu sein, dass das Leben mit der Entmaterialisierung, mit der Entkörperung bzw. mit dem Tod des Körpers nicht endet. Meine Familie und alle, die es wissen wollen, sollten von mir erfahren wie wunderbar die Welt ist, in der ich nach meinem Tod lebe. So entstand diese umfangreiche Erzählung und Beschreibung. Ein Bericht über meine Zweifel, meine Einsichten, meinen Lernprozess und meine Aufgaben als entmaterialisierter Mensch. Mit der Erlaubnis meiner Mentoren darf ich den ursprünglichen Beitrag etwas ausdehnen. Er

172

dient zur Auflösung der Emotionen, so dass meine Gefühle sich ungehindert mehren können.

Inzwischen habe ich begriffen, dass Fortschritt nur stattfindet, wenn wir das Anerkannte in Erkenntnis umwandeln. Und dass Erkenntnis nur durch tatkräftige Übung erreicht werden kann. So und nur so findet Transformation statt. Dass, was wir erkennen, müssen wir in unser Leben integrieren und danach handeln. Die Leuchtkraft unseres Geistes vergrößert sich, indem wir die Schatten und die Düsterheit bereinigen und auflösen. Die noch materielle Hülle, mit der sich der Geist umgibt, verliert an Dichtheit, wird durchscheinender und feinstofflicher. Dieser Vorgang ist nicht schwer zu verstehen, obgleich unsäglich schwer umzusetzen.

Dies sollte für die Menschen, zu denen ich spreche nichts Neues sein, denn die Zeit der Aufklärung ist längst im Gange.

Das lebendige, geistige Leben ist eine Wahrheit, obwohl sie wegen der menschlichen Begrenztheit noch nicht bewiesen werden konnte. Zweifel, Vorurteile und voreilige, unachtsame Aussagen darüber, sind durch die Fülle an Informationen nicht mehr zeitgemäß. Die Tatsache, dass das Universum aus sichtbarer und unsichtbarer Materie besteht, wurde schon wissenschaftlich bewiesen. Und doch wird das geistige Unsichtbare in Frage gestellt, wie damals die Theorien von Galilei, Newton, Einstein und anderen.

Gefühle und Emotionen

Fern von der Steuerung des materiellen Verstandes werden wir, in der geistigen Welt geschult. Wir bekommen die Möglichkeit die Erfahrungen und die Schatten, die unseren Geist verdunkeln, anzusehen, zu analysieren, zu verstehen, wahrhaftig anzunehmen und aufzulösen.

Hier lernte ich – und lerne noch immer – meine Schuldgefühle zu identifizieren und mich von ihnen zu verabschieden. Was geschehen ist, kann nicht rückgängig gemacht werden. Immerhin können wir es in der Vergangenheit belassen und nicht ständig mit uns mitschleppen.

Die Schatten der Vergangenheit können nicht ungeschehen gemacht werden. Doch wir können uns mit ihnen auseinandersetzen, sie zerpflücken, annehmen und auflösen um schließlich mit dem Herzen verzeihen zu können. Die Erfahrungen bleiben unendlich auf der Festplatte unseres geistigen Körpers – das ewig lebende Bewusstsein – gespeichert und sorgen für unser Fortkommen wie Puzzleteilchen, die sich anderen zufügen, um Stück für Stück ein komplettes Bild zu formen – das Bild unseres Selbst. Die Zeit, die wir dafür brauchen, spielt keine Rolle.

Erfahrungen prägen uns und gestalten unsere Individualität. Sie sind die Grundsteine, die Mauer und das Gerüst unserer Aufrichtigkeit. Sie anzuschauen, zu verstehen und uns, wegen unserer Unvollkommenheit zu verzeihen, schenkt uns Erkenntnis. Diese Erkenntnis ist die Feinheit und die Zierde unseres individuellen Gerüstes. Sie ist das Kleid, welches uns zum Leuchten verhilft.

Aus meinem Wunsch meiner Familie mitzuteilen, wie schön es hier ist und wie gut es mir geht, wurde ein Bericht von vielen Seiten. Auch ich war von seinem Umfang überrascht. Die Schilderung der Stationen meines geistigen Lebens begann mit meiner Entmaterialisierung ging über in die Ankunft in Esperanza – Stadt der Hoffnung – und meine Lernprozesse bis zu meiner vollendeten Anpassung an das Leben ohne materiellen Körper. Nun soll sie um das größte Ereignis meines hiesigen Lebens ergänzt werden.

Ein irdisches Jahr ist nun vergangen und eine neue Herausforderung steht an. Es fällt mir noch immer schwer über die Vergangenheit zu sprechen. Meine Gedanken muss ich nach wie vor bei der geringsten Aufregung neu ordnen. Dazu kommen die

175

überwältigenden Gefühle der Dankbarkeit, die mich ständig einfangen. Manu ist stets begleitend an meiner Seite und versucht, mir ein wenig von ihrer Ruhe zu übertragen. „Aller Anfang ist schwer", sagt sie immer wieder. "Alle müssen lernen gelassen zu bleiben, an der göttlichen Vorsehung zu vertrauen und nicht an sich zu zweifeln – in jeder Situation."

Auch wenn wir beide – meine Nichte Anne und ich – jetzt auf einer Wiese sitzen und erzählen, befinde ich mich in der Schreibwerkstatt von Esperanza für eine weitere Übertragungsreihe. Und ich gestehe, aufgeregt wie damals zu sein, als ich den ersten Teil diktierte.

Wenn wir uns von Emotionen leiten lassen, tun wir vieles, was wir gar nicht wollen. Emotionen sind das Resultat verdrängter Gefühle. Sie geben dem Verstand die Erlaubnis zu urteilen. Gefühle sind die Bestandteile unserer Erfahrungen, die uns vorankommen lassen. Gefühle leiten uns, lassen uns reagieren, geben uns Bestätigung, ermutigen uns zum Fortschritt oder zum Rückzug. Sie sind die Steuermechanismen unserer Seele – das Gewand unseres Geistes. Je weniger Emotionen wir entwickeln, desto intensiver und freier können wir fühlen.

Emotionen sind ein Produkt des Verstandes. Der Verstand, das sogenannte Ego ist tatsächlich das vordergründige, das körperliche und materielle Ich, welches unser geistiges Ich beeinflusst und prägt.

Emotionen sind der Vulkan in uns, dagegen sind Gefühle der ruhende See.

Um den Unterschied besser feststellen zu können, schlage ich vor, wir versetzen uns in eine Situation, in der unser Verstand uns als Opfer einer ungerechten Behandlung darstellt. So können wir erkennen, wenn wir auf das Kommando des Verstandes reagieren, spüren wir eine aufsteigende, brodelnde Energie, die uns in manchen Situationen zum kochen bringt. *Wir kochen vor Wut* stellt diesen Vorgang sehr gut dar.

In dieser Situation befindet sich das Gefühl auf einer tieferen Ebene. Das Gefühl hinter der Emotion ist vielleicht Enttäuschung, Verletzung oder Angst. Diese existieren, trotz ständiger Verdrängung. Lernen wir aber, dass Emotion nur die Sprengung ist, die eine riesige Staub- und Geröllwolke verursacht, erkennen wir, dass der Auslöser ganz woanders liegen muss. Er liegt in unserer verborgenen Verletzung, in unserer vergrabenen Zurückweisung oder in unserer zunichte gemachten Eigenliebe. Sie alle sind verdrängte Erfahrungen. Erfahrungen, die oft durch den Mantel des Verbotenen, Unmoralischen oder nicht Zeitgemäßen verdeckt werden und Schatten bilden, die uns nicht strahlen lassen.

Hier, in meiner geistigen Heimat, hatte ich Zeit, Anleitung und Ruhe, um das wahrhaftig Wichtige nachzuvollziehen. Vor allem, die Gelegenheit mich selbst zu fühlen, um den Sinn meines Daseins zu begreifen und seine Berechtigung zu erkennen. Fern von Emotionen versuche ich, die gespeicherten Gefühle in meiner Seele, frei fließen zu lassen. Erst sie ermöglichen mir in meine Erlebnisse einzutauchen und darüber zu berichten.

Sender und Empfänger lernen miteinander zu arbeiten

Pochenden Herzens verließ ich die Kunstwerkstatt an jenem Tag mit Luftsprüngen und unaufhörlichem Grinsen. Ich wusste nicht wohin mit meiner Freude. Ursache dafür war die Information, dass wir endlich die Einwilligung meiner Nichte bekommen hatten. Sie erklärte sich bereit, meine Gedanken zu empfangen und sie aufzuschreiben. Ich konnte mir nicht vorstellen, dass gerade sie mir den größten Wunsch, seit ich hier in der geistigen Welt angekommen bin, erfüllen würde.

Es war mein erster Tag in der Schreibwerkstatt. Ohne das Leben um mich herum wahrzunehmen und in meine Gedanken vertieft, machte ich mich auf dem Weg.

Die Freude war genauso groß und unbeschreiblich, wie meine Angst zu scheitern. Zweifel über Zweifel steuerten mich. Ich fragte mich, ob ich wirklich in das Gebäude hineingehen sollte. Ich stockte, drehte mich um und wollte zurückkehren. Doch mein Vorhaben war stärker. Entschlossen, schob ich alle Zweifel beiseite und schritt selbstbewusst und mit zitternden Händen, auf das Gebäude zu.

Manu kam mir schon auf der Treppe entgegen. Sie war bezaubernd! Strahlender als je zuvor, begrüßte sie mich mit einer herzlichen Umarmung. Wie gut, dass ich gelernt hatte Nähe zuzulassen, dachte ich und genoss den kurzen Augenblick.

Auch sie war aufgeregt. Das konnte ich an ihren gestikulierenden Armen erkennen, die breiter und ausladender waren denn je. Ausschweifend, laut, ja schrill war die von Natur aus nicht zurückhaltende Manu an diesem Morgen.

„Komm, komm", forderte sie mich auf, „wir haben viel zu tun", sagte sie und huschte vor mir auf dem langen Korridor. Seite an Seite befanden sich verschlossene Türen und hinter jede Tür war jemand der konzentriert arbeitete.

Manu öffnete die zweitletzte Tür auf der linken Seite und wartete auf mich. „Das ist unser Raum. Hier werden wir arbeiten", sagte sie ohne Atempause.

Sie war etwas hektisch, und ich uneinig mit mir selbst. „Was erwartet mich? Soll ich das wirklich machen?", fragte ich mich. Die Verunsicherung wuchs.

„Husch, husch. Wir haben eine Menge zu tun", drängte sie. „Im Gegensatz zu mir, bist du heute ein wenig lethargisch."

Ich schaute mich um, während Manu die Tür hinter sich schloss. Sie setzte sich an den schmalen langen Tisch und holte Gegenstände aus einer Schublade heraus. Der Tisch schwebte frei im Raum und bot Platz für zwei. An der gegenüber liegenden Wand, befand sich die Projektionsfläche.

„Setze dich!", forderte sie mich auf.

Ich entschied mich für den Sessel auf der rechten Seite. Vor mir lag so etwas wie ein Kopfhörer. Eine Platte wie der Deckel eines Laptops öffnete sich.

„Hierdurch kannst du sehen, wie es deinem Empfänger geht. In unserem Fall deiner Nichte Anne. Du kannst beobachten, ob sie dich ruhig erfassen kann oder ob sie Schwierigkeiten mit deiner Übertragung hat. Du siehst auch, ob zu wenig oder zu viel Energie ankommt. Über diese Kopfhörer nimmst du ihre Umgebung wahr und kannst Störungen, wie zum Beispiel das Klingeln des Telefons, verhindern und ausschalten, bevor sie eintreten."

Ich wollte die Kopfhörer aufsetzen, als Manu mich unterbrach.

„Nein, mein Lieber", sagte sie und nahm sie mir aus der Hand. „Du musst dich erst beruhigen. Also, wir müssen uns zunächst von unserer Aufre-

181

gung befreien, sonst übertragen wir sie deinem Empfänger."

Wir gaben uns die Hände und holten ein paar tiefe Luftzüge. Manu fing an zu beten.

„Allmächtiger Vater, wir stellen uns unserer Aufgabe als Instrument Deiner Macht und in Deine Dienste. Du schenkst uns Deine Kraft; Dein ist die Energie, die durch uns hindurchfließt. Lasse sie in dem richtigen Maße dort ankommen, wo sie benötigt wird. Beschütze die Schwester, die sich auf der anderen Seite des Lebens zu dieser gemeinsamen Reise zur Verfügung gestellt hat. Dein Wille geschehe."

Manus Leuchtkraft wurde satt und warm. Sie umhüllte mich wie die schutzspendende Umarmung einer Mutter. Ich wurde wesentlich ruhiger und konnte endlich mit der Arbeit beginnen.

Der eingebaute, aufgeklappte Monitor wurde eingeschaltet. Darauf sah ich meine Nichte. Sie schlief. Über die Kopfhörer hörte ich tatsächlich alles, was in ihrer Umgebung geschah. Jedes Geräusch konnte ich wahrnehmen noch bevor es eintrat.

„Warum höre und sehe ich das, was erst in ein paar Sekunden eintreffen wird?", fragte ich.

„Wenn der Empfänger in einer intensiven Verbindung steht, verändert sich seine Wahrnehmung. Sein Fokus wird auf tiefere Ebenen des Bewusstseins gelenkt. Alle gewöhnlichen Geräusche werden gedämmt, obwohl er sie weiterhin bemerkt. So wie in einer Meditation. Stimmen, Schritte oder

Bewegungen werden bemerkt, sind aber nicht störend, weil andere Sinne stärker als das Gehör beansprucht werden. Die lauten und schrillen Töne eines Telefons können den Empfänger erschrecken und ihn ruckartig aus der Verbindung bringen, was nicht angenehm ist", erklärte sie.

Ich versuchte mich in die Lage meiner Nichte zu versetzen. „Es fühlt sich sicherlich so an, wie das plötzliche Aufwachen aus einem Albtraum", sagte ich.

„Genau", bestätigte Manu. „Und diese unangenehme Situation möchten wir vermeiden, indem wir solche Ereignisse minimieren oder ganz ausschalten. Sender und Empfänger müssen lernen miteinander zu arbeiten. Hauptsächlich, müssen sie einander vertrauen, damit eine erfolgsreiche Arbeit stattfinden kann."

Fasziniert hörte ich Manus Erklärungen, während ich auf dem Monitor schaute. Anne drehte sich nach links und richtete das Kissen unter ihrem Kopf.

„Sie schläft noch, aber nicht mehr tief. Langsam bemerkt sie unsere Gegenwart", sagte Manu einfühlsam wie eine Mutter, die ihr Kind beim Schlafen beobachtet.

„Wir sind doch nicht bei ihr", sagte ich überrascht, „und du sprichst von Gegenwart."

„Wir sind gegenwärtig! Sobald wir intensiv an jemanden denken, übertragen wir Gedankenenergie. Je intensiver desto sicherer ist es, dass die Energie das Ziel erreicht. Doch es liegt am Empfänger, ob er sie bewusst wahrnimmt oder sie empfängt, ohne sie zu bemerken. Die Gedanken erreichen ihn, jedoch nicht sein Bewusstsein.

„Ist es immer so? Erreichen meine Gedanken meine Familie, wenn ich an sie denke?", fragte ich. „Auch damals, ganz am Anfang, als ich noch nichts davon wusste?"

„Sicher! Gute Gedanken kommen immer an. Daher sind das Gebet und die herzlichen Wünsche so wichtig für die Menschheit", sagte sie. „Nicht nur die, aus der geistigen Heimat an die Menschheit auf der Erde, sondern auch die, von Menschen an die entmaterialisierten Menschenseelen. Der Empfänger spürt unsere Gedanken als ein vages Vorgefühl, eine Ahnung oder Vermutung. In unserem Fall, je konzentrierter wir sind, desto sicherer kommen unsere Gedanken an."

Ich schüttelte den Kopf, als versuchte ich alles, was ich gehört hatte, neu zu ordnen. „Wie meinst du das?"

Manu suchte nach Wegen mir diesen Vorgang so verständlich wie möglich zu machen.

„Die Kraft deiner Gedanken muss trainiert werden um das Ziel, das du dir vorstellst zu erreichen", erklärte sie geduldig. „Schau mal, ein Sonnenstrahl erreicht die Erde in ein paar Sekunden weil er eine gewaltige Kraft hat. Doch das Licht eines kleineren Sterns braucht manchmal ein paar Jahre bis es

184

die Erde erreicht. Der Strahl noch kleineren oder entfernteren Sternen erreicht die Erde nie. Er versiegt irgendwo im Universum."

„Geht der Strahl denn verloren? Verschwindet er einfach?", unterbrach ich sie.

„Nichts geht verloren, alles ist da und wirkt weiterhin, doch das Ziel wird nicht erreicht. So auch die Gedanken – egal welche. Gute und weniger gute Gedanken erreichen den Empfänger, wenn sie intensiv sind. Wenn sie nicht genügend Kraft haben, verbinden sie sich mit anderen Gedanken, gleicher Art. Sie wachsen, werden stärker, gewinnen an Kraft und beeinflussen Menschen mit gleicher Schwingung bzw. gleicher Gedankenwelt. So wird das Umfeld eines Menschen immer besser oder immer schlechter durch die Anziehungskraft seiner Gedanken."

„Können die Gedanken der Menschen auf der Erde auch Esperanza erreichen?", fragte ich.

„Orte wie diese, sind der Liebe geweiht. Ihre Bewohner sind von bedingungsloser Liebe umgeben, so dass die Gedankenkraft, die hier ankommt und von hier ausgeht, reine Liebesenergie ist. Wobei die Reinheit dieser Liebeenergie relativ ist. Sie kann nur so rein sein, wie es die Stufe ihres Bewusstseins ermöglicht."

Ich überlegte kurz. „Ich denke, wir befinden uns in einem Ort von absoluter und reiner Liebe? Was erzählst du mir von *relativer Reinheit*? Dieses überwältigende Gefühl in reine Liebe eingebettet zu sein, ist unbeschreiblich. In Esperanza strahlt alles und jeder", sagte ich. „Hm, manche mehr, manche weniger, gebe ich zu – aber, es ist doch überhaupt nicht möglich noch mehr von dieser Kraft auszuhalten?"

Nun erreichte meine Verwirrung endgültig den Höhepunkt. In einem kurzen Augenblick wurde ein Großteil meiner Überzeugung gekippt. In einem Hauch von Zeit ist es Manu gelungen mir zu beweisen, dass ich im Grunde nichts wusste und noch sehr viel zu lernen hatte.

„Die Energie, die uns hier in Esperanza umgibt, ist an die Bewohner, an ihren Fortschritt und ihr Wohlbefinden angepasst", erklärte Manu. „Lehrer, Verwalter und alle, die ein höheres Bewusstsein haben, müssen neue Energie tanken, zumal die Energie aus der Umgebung nicht ausreichend ist. Also verbinden sie sich mit höheren Ebenen, um die Energie zu bekommen, die sie für ihr Dasein und für ihre Arbeit in Esperanza benötigen. Auf der Erde braucht eine hoch entwickelte Maschine – ein Flugzeug, zum Beispiel – auch einen anderen Kraftstoff als ein Auto. Das ist nicht das beste Beispiel, gebe ich zu, aber ein, das du verstehst, oder?"

Manu war bemüht alles so deutlich wie möglich darzustellen. Dafür bedankte ich mich bei ihr mit einem Stillen Lächeln.

186

Sie lenkte meine Aufmerksamkeit auf den Monitor zurück. Dort sah ich meine Nichte, die sich öfter hin und her drehte.

„Sie bemerkt unsere Gegenwart immer deutlicher. Bald wird sie den Punkt erreichen, an dem sie unsere Anwesenheit bewusst vernimmt. Dann kann euer Gespräch stattfinden."

Meine Spannung stieg an. „Wird sie mich sehen können?", fragte ich.

„Vorerst nur einen Umriss, aber sie wird wissen, dass du es bist", entgegnete Manu leise, als ob sie die noch Schlafende nicht stören wollte.

„Ich bin so aufgeregt", sagte ich. „Wie wird sie reagieren? Und wenn sie mich ablehnt? Und wenn...". Fragen über Fragen blitzten in meinem Kopf auf, wie Warnlichter in einer dunklen Nacht.

„Es kann los gehen!", sagte Manu. „Du kannst anfangen deine Gedanken zu senden. Sprich zu ihr."

Ich konzentrierte mich und versuchte, so gut es ging, gelassen zu bleiben. „Hallo Anne", sagte ich zögerlich, „hier bin ich, Günther, dein Onkel."

Auf dem Monitor sah ich wie Anne erst unruhig wurde und sich auf den Rücken drehte. Sie holte tief Luft, entspannte sich, wurde ruhiger. Plötzlich sah ich, dass ein Lichtstrahl uns verband wie die Lichtfaser einer Telefonleitung.

In meinem Kopf hörte ich sie sagen: „Ich habe dich schon erwartet. Die Verunsicherung und Zweifel der letzten Zeit konnte ich nach langem Überle-

187

gen endgültig ablegen. In diesem Augenblick spüre ich eine tiefe Entspannung, die meine Seele wie eine schützende Hülle umgibt. Nun stelle ich mich der Aufgabe mit Freude und Gelassenheit"

Tränen rollten still über mein Gesicht. Es war zu schön, um wahr zu sein. Wenn Manu mich nicht vehement aufgefordert hätte, meine Gedanken zu senden und das Gespräch fortzuführen, hätte ich mich in Dankbarkeit aufgelöst. „Die Vorbereitung für dieses Vorhaben hat mich ebenfalls viel Mühe gekostet", sagte ich, mit zitternder Stimme. „Ich musste lernen, meine Vergangenheit zu akzeptieren, mich in eine neue Lebensform zu integrieren und letztendlich die Kunst der Übertragung erlernen."

„Wie soll ich dich nennen?", fragte Annes Stimme in meinem Kopf.

„Günther", antwortete ich, „so hat mich mein Vater genannt, der einzige in der Familie. Alle anderen riefen mich mit meinem zweiten Namen."

So begann unser erstes Gespräch. Nachdem die Aufregung überwunden war, verlief es ruhig, aber voller überwältigender Gefühle. Der Wunsch nach dieser Unternehmung war so groß, dass ich oft daran denken musste, wie ich mit einem Scheitern umgehen würde. Aus meiner Warte gab ich mein Bestes und versuchte alles in meiner Macht zu tun, um alle Bedingungen zu erfüllen. Ich hatte mich lange nach diesem Tag gesehnt, der erste von vielen, die folgen würden.

Verantwortung auf beiden Seiten des Lebens

An jenem ersten Tag der Zusammenarbeit zwischen geistiger und materieller Welt – zwischen mir und meiner Nichte, waren alle Beteiligten sehr aufgeregt. Darum bat ich Manu, das Gespräch bald zu beenden. Die starken Gefühle störten den reibungslosen Ablauf der Kommunikation. Gerade für uns beide Unerfahrenen auf dem Gebiet, war es sehr anstrengend. Annes Gelassenheit überraschte und berührte mich zugleich.

Meine Anspannung löste sich, als das Gespräch beendet wurde. Wie ein Mensch, der körperlich hart gearbeitet hat – und daran kann ich mich noch gut erinnern – ließ ich mich in den Sessel fallen. Manu stellte sich hinter mich und hielt ihre Hände ein paar Zentimeter über meinen Kopf. Ich spürte wie die ausstrahlende Wärme ihrer Hände über mich floss. Es prickelte links und rechts an den Ohren;

dann floss die Energie entlang des Halses, über die Schultern, an den Armen hinunter, bis sie meine Fingerkuppen erreichte. Dies wiederholte sich ein paar Mal. Zum Schluss, stellte sie sich vor mich und richtete ihre Handflächen auf meine Brust, ohne sie zu berühren.

Wie unter einer warmen Dusche, wenn man das starke, sprudelnde Wasser über den Kopf fließen lässt und sich dem völlig hingibt – so fühlte ich mich. Mit geschlossenen Augen spürte ich alle Anspannung, fremde Anhaftungen, Kummer und Sorgen von mir abfließen.

„Bitte hör nicht auf", flehte ich und erschauerte leicht als Manu die Behandlung abschloss.

„Das hättest du wohl gerne", antwortete sie schelmisch. „Wir müssen aber weiter. Unsere Lernstunden haben gerade erst begonnen", sagte sie und lächelte. „Wir dürfen nicht über das Maß hinaus gehen, sonst verlieren wir zu viel kostbare Energie. Es ist eine anstrengende körperliche und geistige Arbeit für euch. Dies dürfen wir nicht vergessen. Schau, wie deine Nichte nun fest schläft. Nutzen wir die Gelegenheit, regenerierende Energie ihr zu schicken. Sie braucht sie jetzt umso mehr."

Das taten wir auch.

Als Manu und ich den Raum verließen, war ich sehr neugierig über das, was sich hinter den anderen Türen am langen Korridor verbarg.

190

„Ich würde gerne einmal sehen, was die anderen so machen. Darf ich einen Blick hinein werfen? Es interessiert mich woran sie arbeiten."

„Jeder einzelne Raum ist ein Arbeitsraum, der vielseitig genutzt werden kann", antwortete sie. „Die Kommunikation zwischen der geistigen und der materiellen Welt erfolgt auf bestmögliche Art und Weise für die Beteiligten."

„Das habe ich inzwischen begriffen", sagte ich und nutzte die Gelegenheit, mein Wissen zu überprüfen. „Wir befinden uns in der Abteilung der bewussten Kommunikation. Beide Partner verabreden sich und tauschen sich so aus, wie sie es am besten können, nicht wahr?" Ohne eine Antwort zu erwarten, fügte ich schnell hinzu: „Dies geschieht gedanklich, schriftlich oder künstlerisch."

Manu klopfte auf meine Schulter und lächelte. „So, wie sich der Partner auf der Erde konzentrieren und gleichzeitig entspannen muss, so muss sich der geistige Partner auf unserer Seite auch vorbereiten. Für die Bewohner einer Stadt wie Esperanza ist das noch notwendig. Die hier lebenden Menschenseelen sind noch nicht so weit fortgeschritten, dass der Vorgang ein anderer sein kann."

Ich ließ Manus Erklärung in mir nachwirken. Es fiel mir schwer vorzustellen, dass es anders sein könnte. „Wenn Esperanza nicht das Eindrucksvollste ist, was eine Menschenseele durchlebt und wenn die

191

erreichte Entwicklung nicht für alle Zeiten ausreichend ist, was kommt danach?"

„Wenn ich mich mit deiner Nichte verbinde", sagte sie, „brauche ich die Vorbereitung, die du noch durchführen musst, nicht. Ich sende ihr meine Anfrage, ob sie bereit ist meine Botschaft zu empfangen, und sie gestattet es oder auch nicht. So einfach geht es."

„Aber warum sollte sie den Empfang ablehnen?", fragte ich irritiert.

„Jedes Geistwesen, unabhängig von seiner Bewusstseinsebene, muss fragen, ob der Partner bereit ist ihn zu empfangen. Das ist das entscheidende Gesetzt des freien Willens. Ohne die Erlaubnis des Empfängers darf der Kontakt nicht hergestellt werden. Und diejenigen aus unseren Reihen, die es versuchen, bekommen ihre Erlaubnis entzogen."

„Daher hat es gedauert, bis ich mein Vorhaben umsetzen konnte".

„So ist es. Wir prüfen zunächst, ob Derjenige überhaupt so weit fortgeschritten ist, um diese Verantwortung zu übernehmen. Du solltest wissen, dass der Menschheit nur so viel Einblick in die sogenannten göttlichen Wunder und Gesetze gegeben wird, wie sie verkraften kann. Jede Menschenseele – materialisiert oder entmaterialisiert – hat ihre Grenzen. Sie kann nur das verkraften, erkennen und verinnerlichen was für ihre Entwicklungsstufe angemessen ist, denn sie muss schrittweise an neue Erkenntnisse

192

herangeführt werden, damit sie in der Lage ist fort-
zuschreiten."

Ich stellte mir die Entwicklung eines Kindes
auf der Erde vor. Jeder Schritt wird an seine Entwicklung angepasst. Hier ist es nicht anders, dachte
ich und schaute Manu genau an.

„Es muss so sein", entgegnete sie prompt.
„Wenn es um solch wichtige Aspekte unserer Arbeit
geht, muss ich vehement darauf hinweisen, dass wir
eine große Verantwortung tragen. Durch Fehlverhal-
ten von Brüdern und Schwestern, die zu früh die
Erlaubnis bekamen und verantwortungslos mit ihr
umgingen, entstand die Skepsis der Menschheit, die
bis heute anhält. Diese Verhaltensfehler auszuräumen, kostet uns viel Energie und Überzeugungsar-
beit."

Wenn Manu solche Erklärungen gab, verwandelte sie sich. Sie legte ihre leichte, spielerische Art
ab und war sehr ernst und eindringlich. Inzwischen
erreichten wir den Park mit seinen Gärten in voller
Blüte.

Glockenblumen in der Farbe des Regenbogens
klangen leise, wenn die leichte Brise die Blüten küsste. Die Luft duftete nach Frühling. Wir suchten ein
gemütliches Plätzchen um das Gespräch fortzuführen.

„Verantwortung im Umgang mit seinen Mitmenschen ist das, was auf der Erde zu kurz kommt",
sagte sie. „Mit der dort herrschenden Einstellung

kommen die Menschenseelen nach Esperanza. Sie müssen erst lernen, mit sich selbst verantwortungsvoll umzugehen, um überhaupt die Gefühlsebene des Anderen anzuerkennen. Bis dahin ist manchmal ein langer Weg."

„Wie im Himmel, so auf Erden", sagte ich, „bedauerlicherweise auch umgekehrt."

„Unsere irdischen Kommunikationspartner sollten mit sich selbst und mit der geistigen Partnerschaft, die sie bewusst eingegangen sind, achtsam umgehen. Für sie ist es umso wichtiger zu erkennen, aus welcher Ebene das Geistwesen, das zu ihnen spricht, stammt."

„Das habe ich nicht vorher bedacht", sagte ich nachdenklich. „Ich war so mit meinem Wunsch beschäftigt, dass ich mir keine Gedanken über den Menschen, auf der anderen Seite gemacht habe. Klar, die Erfahrung zeigte, wie schwierig es war, jemand aus meinen irdischen Kreisen zu finden, der sich dieser Aufgabe stellen wollte oder konnte. Aber die Verantwortung, welche beide Seiten tragen, war mir in diesem Ausmaß nicht bewusst."

„Du musst bedenken, dass die entmaterialisierten Brüder und Schwestern, die ihr materiellen Umfeld noch nicht verlassen haben und sich weiterhin in ihrer gewohnten Umgebung aufhalten, Energie verlieren. Sie müssen die verlorene Energie von irgendwo holen. Und diese finden sie an ehesten dort, wo Menschen in einer gleichen oder ähnlichen Energie leben."

„Ich verstehe", sagte ich. „Nun stelle ich mir eine Situation des Streites und der Zwietracht vor. Die Luft um die verwickelten Menschen ist energiegeladen, voller Zorn und Vorwürfe. Wer möchte diese anzapfen oder sich damit auftanken?"

„Diejenigen Geistwesen, die noch voller Zorn in ihrer gewohnten Umgebung geblieben sind", antwortete Manu. „Hier in Esperanza, sowie in allen ähnlichen Städten, sind die Bewohner in eine Energie eingebettet, die frei von den belasteten Emotionen von der Erde ist. Demnach wird mehr Liebe und Verständnis für einander ausgestrahlt. Der Geistkörper braucht sie, wie der materielle Körper auf der Erde die Luft zum atmen braucht."

Zweifel als Wegweiser

Ein Sprichwort besagt: *Man lernt nie aus.* Damals, als ich noch als materialisierter Mensch auf der Erde lebte, konnte ich die Tragweite dieses Spruches nicht erfassen. Dass ein entmaterialisierter Geist so wenig auf die Erde gehört, wie ein noch in der Materie lebender Körper hierher, habe ich erfahren, als das große Erdbeben die Erde erschütterte. Ich kann mich noch gut daran erinnern, wie sehr ich mich über die Zelte für *Entkörperte auf Zeit* gewundert hatte – Menschenseelen, die ihr Dasein auf der Erde noch nicht abgeschlossen hatten. Sie nahmen ihre Erfahrung aus der geistigen Heimat als *Nahtoderfahrung* mit. Noch nennt man sie so auf der Erde.

Damals habe ich erfahren, dass der Aufenthalt einer Menschenseele, zum Beispiel, die eines Komapatienten, dessen Geist hier oder in einer ähnlichen Stadt verweilt, begrenzt ist. Während die lebenswichtigen körperlichen Funktionen auf der Erde erhalten werden, wird der geistige Körper aus der Materie geholt, damit er sich erholen, lernen und heilen kann. Solche Fälle sind nicht selten und schließen eine außergewöhnliche Erfahrung für Körper und Geist ein, auch wenn der materielle Körper sich nicht daran erinnert.

Bei dem damaligen Einsatz erlebte ich was die seelische Blindheit mit Menschen macht. Die entmaterialisierten Menschen nahmen die geistigen Helfer nicht wahr. Sie blieben in ihrer Umgebung verhaftet und verbrauchten ihre wertvolle Energie mit Kummer und Sorgen. Um Kraft zu tanken, suchten sie Menschen mit gleicher Lebensweise, mit gleichen Emotionen und hielten sich an ihrer Seite auf.

Wie würde das Leben sich verändern, wenn die Menschen die Äußerlichkeiten weniger wichtig nehmen würden? Wenn sie mehr nach ihren Gefühlen handeln und ihre Emotionen besser in Griff haben würden? Wenn sie sich mehr ihren wahren Bedürfnissen widmen würden? Ich wünsche, ich hätte mir früher, viel früher diese Fragen gestellt und hätte den Mut gehabt, mich gegen die minderwertigen Tugenden zu entscheiden.

Zurück in die Schreibwerkstatt dachte ich wieder an meine Nichte Anne. Wie konnte sie wissen, dass ich eine positive Energie bin und sie nicht für meine Zwecke missbrauchen will.

Manu schaute mich liebevoll an und rückte ein Stück näher, so dass wir uns berührten. „Ernsthafte und bewusste Empfänger werden sehr gut von ihren geistigen Mentor und Beschützer vorbereitet, auch im Hinblick auf die Verantwortung, die sie tragen. Und selbst dann hegen sie Zweifel an die Arbeit, die sie leisten", sagte sie.

„Warum zweifeln sie? Sie sollten sich doch darüber freuen "

„Zweifel sind dann gut, wenn sie genutzt werden, um ein Vorhaben in seine Einzelheiten zu zerlegen. Verantwortliche Empfänger überprüfen und überdenken die geplante Arbeit mit der geistigen Welt, um eine Entscheidung treffen zu können", erklärte sie. „Dafür sind Zweifel die besten Wegweiser, denn die Entscheidung wird nicht leichtfertig getroffen. Demzufolge kann das Medium erkennen, ob das Geistwesen, welches sich bei ihm meldet, lichtvoll ist."

„Ich kann mir vorstellen, warum Anne dieses Experiment vorerst ablehnte", sagte ich.

„Deine Nichte musste sich zunächst mit unserem Vorschlag auseinandersetzen und überprüfte dein Vorhaben sehr genau. Sie vertraute uns, aber nicht sich selbst. Sie befürchtete, nicht unparteiisch sein zu können. Die Vergangenheit, die hinterlassenen Narben durch eure gemeinsamen Erfahrungen, gingen bei ihr wieder auf und fingen an zu bluten."

Ich schämte mich für das Scheusal, das ich gewesen war und bereute, in meinem früheren Leben nicht anders gekonnt zu haben.

„Ohne deine Entwicklung wäre ein solches Vorhaben nicht möglich", sagte Manu. „So auch, wenn deine Anne sich gegen ihre Gabe als Mittler zwischen geistige und materielle Welt entschieden hätte".

Zum Glück haben meine Mentoren, Manu und die anderen, mich in dieser Phase der Verhandlungen – wenn ich sie so nennen darf – nicht eingeweiht. Sie wussten, dass ich es aufgegeben hätte; sie wussten aus Erfahrung, dass viel Geduld und Vertrauen nötig sind, um den Austausch zwischen materieller und geistiger Welt stattfinden zu lassen.

Manu hatte sich sehr bemüht einen Kommunikationspartner für mich zu finden. Irgendwann erwähnte sie, dass die höhere Geistbruderschaft bei dieser Suche beteiligt gewesen ist.

„Wäre schön, wenn ich die Gelegenheit bekäme, mich auch bei ihnen zu bedanken", sagte ich. „Werde ich erfahren wer die anderen Helfer waren, die sich für mich eingesetzt haben?"

Manu schaute mich an und lächelte. „Danken kannst du immer", sagte sie. „Du weißt, dass die Kraft der Gedanken immer das gewünschte Ziel erreicht. Vieles muss uns verborgen bleiben, bis wir so

199

weit fortgeschritten und imstande sind, es zu begreifen und zu verinnerlichen."

So war sie. Manu vergeudet keine Gelegenheit wichtige Themen zu wiederholen, damit ihre Schüler die Lektionen auch annehmen und in ihren Geist einschließen.

„Wann können wir weiter an der Übertragung arbeiten?", fragte ich und hoffte, sie sagt: *gleich morgen.*

„Wir tasten uns vorsichtig heran", antwortete sie. "Ihr müsst euch erst kennenlernen und das Vertrauen zu einander aufbauen. Die Basis sieht schon recht gut aus."

Mit diesem Satz verabschiedete sie sich, schwebte fort. Sie hinterließ eine angenehme Duftwolke und eine Menschenseele voller Hoffnung, Neugierde und dankbarer Demut.

Das Leben auf Erden ist eine göttliche Leihgabe

Auf dem Weg zu meiner Unterkunft in der Siedlung ging mir vieles durch den Kopf. Erst hier begann ich den Sinn unseres menschlichen Daseins besser zu verstehen. „Lange ist es wohl her", dachte ich, obwohl Zeit auf dieser Ebene nicht messbar und eine unwichtige Illusion ist. Der Mensch ist einfach ein Teilchen in der großen Maschinerie, die die Erde zu dem macht, was sie ist. Sie ist das Ergebnis des Denkens, des Handelns und der Emotionen, die die Menschheit beherrschen. Je heller, je reiner die Menschheit desto leuchtender und leichter, gar geistiger wird die Erde.

Immer wieder kommen die Gedanken über Transformation in meinem Sinn. Sie kommen innerhalb von ein paar Lektionen oder Erkenntnisabschnitten, so wie heute. Die Erfahrung, dass wir mit der geistigen und der materiellen Welt eng verbunden sind, ist eine wunderbare Erkenntnis über die Größe und unendliche Liebe, die eines Tages die Lebenskraft auf der Erde sein wird. Wie ein Feuer, das immer und immer wieder aufflammt, auch wenn es gelöscht zu sein scheint, entfaltet es sich aus dem Nichts – unaufhaltsam und aus eigener Kraft. So ist die ewige, selbstlose Liebe, die Energie, aus der alles Existierende geschaffen wurde. Und dieses Ziel kann nur durch spirituelles Bewusstsein erreicht werden.

So klein und unbedeutend der Mensch in diesem grenzenlosen Universum erscheint, so wirkungsvoll ist er in seiner zerstörerischen Kraft. Wie die nahezu unbesiegbaren Viren, die er kreiert und durch die er selber zugrunde geht.

Wann wird der Mensch aufhören, seine Umgebung zu zerstören und folglich sich selbst?

Wir sind nicht fähig, bei uns selbst aufzuräumen und meinen in die Häuser anderer ziehen zu müssen, um mit erhobenem Finger auf die dort – unserer Meinung nach – herrschenden Missstände hinzuweisen. Überheblich täuschen wir Weisheit, Erfahrung, Sorgfalt, Nächstenliebe vor, um eigene Ziele zu erreichen. Dabei werden die wahren Gründe übersehen oder verdrängt. Wir verunreinigen damit nicht nur diese Tugenden, sondern auch unsere Hände und Füße, vor allem aber unsere Seele. Ich frage mich, wie lange wird es dauern, bis die Flecken des mangelnden Gewissens bereinigt werden.

202

So, wie allgemein auf der Erde üblich, war ich besitzergreifend, einnehmend und egoistisch. Nun erkenne ich, dass außer mich selbst, mein unvergängliches Ich und einen endlichen Körper besitze ich nichts. Meine Frau, meine Kinder gehören mir nicht. Sie wurden nicht für mich erschaffen, sondern für sich, als eigenständige und individuelle Wesen in Entwicklung. Meine Güter blieben dort, wo sie hingehören, in der vergänglichen materiellen Welt. Eine kleine Erschütterung, ein kleiner Wink der Natur kann dem Menschen, auf einen Schlag, alles Materielle entziehen, sowohl Menschen als auch Güter, die er liebt.

Wie gehen wir Menschen mit dieser Leihgabe um? Die göttliche Leihgabe dieses irdischen Körpers und Lebens? Wo wollen wir Menschen hin? Was ist unser Ziel?

Die Antwort erscheint in meinem Kopf, mit Manus Stimme. "Ihr müsst aufhören, bei den anderen aufräumen zu wollen, während bei euch das Chaos herrscht."

Diese Gedanken beschäftigten mich so sehr, dass ich gar nicht merkte, wie ich meine Unterkunft erreichte. Ich ging auf die Terrasse und setzte mich unter die Pergola mit zweierlei Blüten – gelbe Blüten mit lila Kern und lila Blüten mit gelbem Kern. Die Begegnung mit meiner Nichte Anne hatte mich sehr berührt. Das Leben könnte viel einfacher sein, wenn

203

wir begreifen würden, dass es keine Trennung zwischen den Welten gibt. Alles ist eins, wirkt und beeinflusst sich gegenseitig. Vor allem müssen wir erkennen, dass wir gegenseitig Verantwortung für einander tragen. Wenn ein einziges Puzzleteilchen fehlt, ist das Bild unvollständig.

„Allmächtiger Vater, lass uns endlich aufhören vor uns selbst zu fliehen."

Mediale Kommunikation ist wie telefonieren ohne Leitung

Mauricio wunderte sich, dass ich so früh aus der Werkstatt kam. „Ich dachte, du wolltest dich mit Manu treffen?", fragte er und reichte mir ein Glas Wasser.

„Von dort komme ich gerade", antwortete ich. Er rückte den neben ihm stehenden Stuhl etwas hervor, so dass ich mich hinsetzen konnte. „Ich denke über die neue Erfahrung nach und bin sehr verunsichert."

„Nun erzähl schon, was bedrückt dich?"

„Die Menschen sind neugierig, kreativ, lieben das Leben und das, was ihnen das Leben bietet. Sie sind in der Lage, die Rätsel der Naturphänomene zu entschlüsseln und staunen selbst über die entdeckten Zusammenhänge und Abhängigkeiten. Ihr Durst nach Wissen ist grenzenlos. Doch im Allgemeinen lebt der Einzelne sein tägliches Leben ohne sich Gedanken zu machen, weder über seine eigene Rolle noch über seine Verantwortung als Teil im diesem Ganzen, vor allem über die Verantwortung für sich selbst", sagte ich enttäuscht. „Die meisten sind entweder unglücklich oder oberflächlich zufrieden wie ich, damals. Sie gehen Kompromisse ein, um weniger unglücklich zu sein. Was für ein bedauernswertes Bild!"

Mauricio war ein guter Zuhörer. Er versuchte meine trübe Einstellung über die Zukunft der Menschheit zu erhellen.

„Nicht alles ist so düster und aussichtslos, wie du im Moment siehst. Durch die Erfahrung, die du heute mit deinem Empfänger auf der Erde gemacht hast, wurde dir klar, dass alles Bestehende miteinander verbunden ist. Viele Menschen setzen sich mit der Einheit zwischen geistiger und materieller Welt nicht auseinander. Sie nehmen an, dass sie von dem, was sie nicht sehen oder was nicht in ihrer unmittelbaren Nähe ist, getrennt sind. Auch über die Begriffe *verbinden* und *vermischen* sind sie sich manchmal nicht im Klaren. Sie erkennen den Unterschied nicht. Das rein geistige und das materielle Leben lassen sich nicht vermischen. Sie sind wie Öl und Wasser – sie können sich verbinden aber nicht vermischen."

Ich lehnte mich zurück und dachte über Mauricios Erläuterungen nach, auch darüber, wie schön es war, das Vertrauen zu haben, stets in einer Atmosphäre reiner Freude und Sorgenfreiheit eingebettet zu sein. Zu leben, mit der Sicherheit, dass nichts verschwindet, sondern sich einfach verändert, ist sehr erfüllend.

„Heute habe ich erkannt, dass es zwischen mir und meiner Nichte keine Trennung gibt", sagte ich. „Wir senden und empfangen, als telefonierten wir miteinander. Nur die Leitung ist eine andere: anstatt durch Glasfasern, sind wir durch die Gedankenkraft verbunden"

„Mit dem Unterschied, dass nicht jeder Bewohner von Esperanza ein Telefon besitzen darf", ergänzte Mauricio leicht ironisch und verabschiedete sich.

Es dauerte nicht lange und ich durfte mich täglich mit Anne verbinden.

Die Übertragung floss immer leichter. Anfangs verlief sie zögerlich auf beiden Seiten. Ich musste mir viele Notizen machen, um den Faden nicht zu verlieren. Anne musste sich nicht nur an meine Stimme gewöhnen, sondern auch ihr eigenes Wohl finden, um leichtherzig empfangen zu können. Nach den ersten Versuchen vereinbarten wir, dass sie sich zunächst um das Wohl ihres Körpers sorgen sollte, zumal die Kommunikation nie unter zwei Stunden stattfand. Sie entschied sich, erst zu frühstücken, dann wieder in ihr warmes Bett zu schlüpfen um mit aufrechtem Oberkörper das Diktat aufzunehmen. Wie eine Sekretärin, die vom Chef zum

207

Diktat gebeten wird, hielt sie Block und Stift parat. Manchmal stellte sie mir Fragen und kommentierte einen Abschnitt. Es wurde von Tag zu Tag besser. Wenn ich merkte, dass sie müde wurde, verabschiedete ich mich. Sie entspannte sich. Meistens schlief sie in ein paar Minuten wieder ein, stets mit Manu an ihrer Seite. Auch jetzt, ein Jahr später nach der Übertragung von Teil I, ist der Ablauf gleich geblieben.

Manus Geschichte

Heute denke ich voller Demut und Dankbarkeit an die anfänglichen Schritten, an die erste Übertragung meiner Gedanken, an die Abwehr meiner Nichte Anne, die das Projekt zunächst nicht annehmen wollte. Dadurch wird es mir bewusst, wie sehr wir uns in dieser Zeit nahegekommen sind. Auf meiner früheren materiellen Heimat ist seitdem ein Jahr vergangen und ich befinde mich auf einer neuen spannender Reise mit Manu.

Der blaue Engel begleitete uns still und unauffällig bis er im Nebel verschwand und uns alleine ließ. Diesmal unternahmen wir eine Reise, ohne dass es mir mitgeteilt wurde, wohin sie führte. Die Neugierde überragte die Anspannung. Und das Verhalten des blauen Engels machte es mir nicht leichter. Es war ungewöhnlich, denn überall, wo ich gewesen bin, allein oder mit Mitbewohnern, wurde ich begleitet. Aber diesmal, erschien der blaue Engel immer nur kurz.

Manu bemerkte meinen verdutzten Ausdruck. „Es mag dir ungewöhnlich vorkommen, dass wir allein gelassen wurden. Sorge dich nicht. Ich kenne mich hier gut aus", sagte sie. „Es ist schon lange her, aber auch ich habe meinen Dienst – sagen wir als Amme – geleistet. Auch ich musste viele Stationen durchwandern, viele Lebensräume mit niederer Schwingung erleben, bis ich das Wesen geworden bin, das vor dir steht."

Nie zuvor sprach Manu so offen über sich. Oft überraschte sie mich mit ihrem Wissen und ganz besonders mit ihrer außergewöhnlichen Art – weder weiblich noch männlich zu sein. Beide Eigenschaften verschmolzen ineinander und bildeten dieses auffällige und bemerkenswerte Wesen.

„Bedeutet das, dass du ein Mensch auf der Erde gewesen bist?", fragte ich.

„Nein, ein Mensch auf der Erde war ich nie, obwohl ich die Erde aus unzähligen Reisen sehr gut kenne."

„Sehr interessant", sagte ich und achtete darauf, nicht vom Weg zu kommen. „Woher kommst du denn?"

„Mein erstes und letztes Leben in einem materiellen Körper war auf einem der Erde sehr ähnlichen

Planeten, der heute nicht mehr so existiert, wie ich ihn kannte."

Plötzlich bereute ich überhaupt gefragt zu haben und zweifelte, ob ich für Manus Offenheit bereit war, trotz Neugierde.

„Mach dir nicht so viele Gedanken. Neugierde ist eine gute Eigenschaft, wenn du respektvoll mit ihr umgehst. Wer neugierig ist, möchte auch die Mysterien und Rätsel des Lebens erkunden. Wäre es anders, hätte ich dich nicht auf diese Reise eingeladen", sagte sie. „Menschen sind in der Lage andere Dinge zu tun, als nur das, was sie von sich selbst glauben. Und wenn sie es wagen, fühlen sie sich danach selbstsicherer und erfolgreicher. Sie wachsen daran, auch wenn sie daran scheitern."

Meine Neugierde kehrte in Anspannung um. „Noch mehr Mysterien und Rätsel des Lebens ...War es wirklich eine gute Idee, in diese Reise einzuwilligen?", überlegte ich.

„Was überfordert dich?", fragte sie genervt, „Die neue Erfahrung oder nicht zu wissen, was dir bevorsteht?" Ohne eine Antwort zu erwarten fügte sie hinzu: „Fehlendes Vertrauen, mein Lieber! Du hast sehr viel und sehr schnell gelernt, weil du dich dafür entschieden hast. Erkenntnis, Wille, Bereitschaft zu helfen und zu lernen, sind deine Antriebskräfte. Aber deine Ängste..."

„Ich habe keine Ängste", unterbrach ich sie.

„Doch, doch, die hast du!", sagte sie mit veränderter Stimme. "Die hast du weiterhin. Merkst du nicht, wie sie dich bremsen und dich zurückhalten? Ich weiß, dass du mir vertraust, aber warum nicht dir selbst?"

Ehrlich gesagt, war mir diese ernste, nach Wahrheit suchende Manu unangenehm. Solche Gespräche trafen immer einen tief verborgenen und von meinem Bewusstsein abgelehnten Punkt in mir.

„Genau das, meine ich", sagte sie, „lieber die Flucht ergreifen und zweifeln als...".

An der Farbe ihres Gewandes konnte ich sehen, dass Manu verärgert war.

„Warum ich? Ich bin dafür nicht geeignet...Ich schaffe es nicht...ich bin noch nicht soweit...", sprach sie meine Gedanken aus. „Wir, deine Freunde, müssen immer wieder dagegen argumentieren bis du einsiehst, dass wir recht haben", rief sie mir zu und verschwand.

Sie wurde unsichtbar und ich tauchte sofort wieder in mein mit Selbstmitleid gefülltes Becken ein, auch wenn ich hoffte, es würde nicht mehr existieren. So fühlte ich mich.

Über und unter mir leuchteten schon die ersten Sterne. Wieder einmal wurde ich mit meiner Kindheit, mit meiner Jugend und was ich daraus gemacht hatte, konfrontiert. Rückblickend auf mein letztes irdisches Leben habe ich inzwischen gelernt, dass Wissen uns zur Handlung auffordert. Wissende

212

können sich nicht mehr unter dem Mantel der Ignoranz verstecken. Wenn ich weiß, dass ich jemand mit Worten oder Taten verletzt habe, darf ich das nicht mehr tun. Und wenn ich es dennoch tue, werde ich nicht nur durch mein Gewissen, sondern auch durch die göttliche Seele in mir zur Rechenschaft aufgefordert. Eines Tages wird mich meine eigene göttliche Seele daran erinnern.

Eines der größten Missverständnisse auf der Erde liegt darin, dass viele Menschen denken, ohne Konsequenzen handeln zu können, zumal sie nur dieses eine Leben haben, welches mit dem Tod endet. Dies erinnert mich gerade an ein Sprichwort aus meiner vergangenen Heimat: *hier machst du, hier zahlst du.* Die Tragweite dieses Spruches lerne ich erst jetzt kennen. Damals begriff ich nicht, dass die Konsequenz unseres Handelns uns erneut in ein Leben in die Körperlichkeit führt, damit wir die Gelegenheit zur Reue und Wiedergutmachung bekommen. Dadurch lernen wir die Tragweite von Solidarität, Mitgefühl und Liebe erkennen. Wir werden mit der Realität des Anderen konfrontiert und müssen lernen sie zu respektieren. Je größer unsere Bereitschaft desto einfacher können die Aufgaben gelöst werden. Alles wovor wir uns sperren, macht unser Fortschreiten schwieriger. Die Menschheit wird fortschreiten müssen, denn es gibt nur ein einziges Ziel: in der Glückseligkeit von Gottes unendlicher Liebe unendlich zu leben.

Manus beginnende Offenbarung entfachte ein Gefühl von Widerstand in mir. Nicht weil mich ihre Geschichte nicht interessierte – ganz im Gegenteil, sondern weil Manu eine unerreichbare und große Persönlichkeit war. Für mich unerreichbar; für mich ein vollkommenes, fabelhaftes Wesen, ohne Makel, ohne Vergangenheit.

Ich erkenne gerade, dass Demut und Bescheidenheit nicht das sind, was uns klein fühlen lässt. Wir selbst fühlen uns klein und unbedeutend aus vielen anderen Gründen. Wir selbst sind die Verursacher solcher Gefühle, die von innen heraus sprießen und uns nicht von außen angehängt werden.

„Solange ich mich klein und unbedeutend fühle, werde ich Manu mit all meinen Sinnen, nicht begreifen können", sagte ich mir.

Um mich herum leuchteten viele Augen. Wie verborgene Zuhörer lauschten sie meine stillen Gedanken und Überlegungen. Zweierlei Bilder stiegen in mir nahezu gleichzeitig auf. In dem einen gehörten die Augen kleinen Monstern, die mich in der Dunkelheit *zum fressen gerne hatten*; in dem anderen waren es neugierige Augen von Wesenheiten, die von mir etwas lernen wollten. Im Grunde, waren sie einfach wunderschöne Lichtlein, die mich erheitern wollten, wie Kerzen an einem Weihnachtsbaum.

Es liegt an mir, die Monster um mich in mir aufzunehmen oder nicht. Sie werden so oder so weiter leben, denn diese Berechtigung haben sie. Aber sie müssen nicht zwangsläufig ein Teil von mir werden. Solange sie außerhalb meiner Selbst sind, kann ich sie mir ansehen, mich mit ihnen auseinandersetzen, eventuell mit ihnen verhandeln oder versuchen sie zu verstehen; ich kann sie schließlich begreifen und zur Auflösung oder Verwandlung begleiten. All das kann ich machen, anstatt sie in mir leben zu lassen und sie mit Unsicherheit, Furcht, Rache, Trostlosigkeit, Wut, Selbstverachtung, Eigenschuld und vieles mehr zu füttern. Bleiben sie außerhalb, können wir uns ihnen gegenüber stellen, von Angesicht zu Angesicht. Verinnerlichen wir sie, nagen sie an uns solange, bis wir nichts anderes fühlen, als das, womit sie genährt werden.

Zwei dieser Lichter kamen auf mich zu. Sie wurden immer größer, wie zwei Ufos, die vom Himmel fallen. Ich duckte mich rasch, um von ihnen nicht getroffen zu werden. Bald erkannte ich Manus leuchtende Augen. Sie stand vor mir und strahlte Wärme, Liebe und vor allem Freude aus.

„Ich habe es begriffen", gab ich zaghaft zu.

„Das weiß ich", sagte sie, nahm meine Hand und begleitete mich wieder, wohin auch immer. „Du warst kein Augenblick allein. Ich war nur unsichtbar für dich. Unsere Schwingungen waren nicht mehr im Einklang. Die Schwingungsfrequenzen wurden so verschieden, dass du mich nicht mehr wahrnehmen konntest. Du konntest mich weder spüren noch hören. So geht es allen Menschen, die sich durch

215

schwere Gefühle, besonders durch starke Emotionen, immer mehr verdichten und eine dicke, undurchdringliche Schicht um sich legen."

Ich wünschte, ich hätte meine Emotionen besser im Griff. Solche Augenblicke veränderten mich, das spürte ich. Aber was sich veränderte, konnte ich nicht sofort genau sagen. Vielleicht brauchte die Veränderung etwas Zeit, um sich bei mir einzunisten. Ich überlegte, ob meine Erkenntnis der Grund war, dass ich Manu wieder sehen konnte.

„Damit wir diesen Umgang miteinander haben können, muss ich auf einer niedrigeren Frequenz schwingen", antwortete sie. "Also, ich muss mich dir anpassen, damit du mich wahrnehmen kannst. Und wenn du diesen Bereich durch starke Emotionen verlässt, bin ich für dich nicht mehr erfahrbar. Das ist ein Grund, warum die meisten Menschen ihren Schutzengel, ihren Schutzgeist weder sehen noch spüren."

„Wie wahr", dachte ich nur und überlegte, ob wir währenddessen standen oder weiter schwebten. Ich konzentrierte mich auf die dämmernde Dunkelheit und sah, dass ein großes Bauwerk vor uns emporragte.

Das Tor zum Paradies

Ein neuer Morgen brach an. Das verrieten die hellen, leuchtenden Streifen am Horizont. Direkt vor uns befand sich das seltsame Bauwerk.

„Das ist das *Tor zum Paradies*", sagte Manu. „Eine weitere Offenbarung wird dir gestattet, damit sie, nach deinem Empfinden weitergegeben werden kann."

„Hm, aber ich bin mir nicht ganz sicher...", fing ich an, stoppte aber noch rechtzeitig. Arglistig versuchten meine Gedanken mich zu überwältigen.

„Ich empfehle dir, alles unvoreingenommen zu betrachten. Lasse das Neue auf dich wirken, bevor du es ablehnst", erwiderte Manu.

Als ich aus meinem „Scheinleben" – so nenne ich das Leben, was ich auf der Erde führte – herausgenommen worden war, begann ich das, was mir die Freiheit raubte, aufzugeben und die wahre Freiheit meines Geistes zu entdecken. Die Zeit war reif, um die Früchte daraus zu ernten, und zwar augenblicklich, denn Entschlossenheit gestattet kein *aber*.

„Nun, ich werde mich bemühen die Dinge vorbehaltslos zu betrachten, das heißt, meine ablehnende Haltung gegenüber dem Unbekannten abzustreifen", sagte ich, „nicht weil du mir das empfiehlst, sondern, weil ich erkannt habe, dass ich mich sonst im Kreis drehe und immer wieder dort ankomme, wo ich gestartet bin."

Manu und ich bekamen einen Raum direkt hinter dem Eingang. Es war ein einziger gläserner Raum. Dahinter und darüber nur der sich auf einen neuen Tag vorbereitende Himmel. Ich fühlte mich geborgen und wohl, besonders durch Manus Anwesenheit.

„Manchmal ist es hilfreich und befreiend die Dinge aus einem anderen Blickwinkel zu betrachten", sagte Manu. „Wir nehmen uns und das, was wir erleben oder erlebt haben, allzu wichtig. Oft bauen wir unser ganzes Leben darauf auf. Irgendwann merken wir, dass wir in eine Schieflage geraten sind, weil der Untergrund, auf dem wir unser Leben aufgebaut haben und stehen schief ist."

„Hast du mich hierher gebracht, damit ich meine Schieflage korrigiere?", fragte ich.

„Jede weitere Erkenntnis bringt dich etwas mehr ins Gleichgewicht. Wir vergessen, dass das, was wir sehen und annehmen, nicht die einzige

218

Wahrheit oder Realität ist. Wir vergessen, dass unsere Wahrheit nicht die Wahrheit des anderen ist. Wir vergessen, dass das Bild, das in uns entsteht, wenn wir dem Unbekannten und Neuen begegnen oder es betrachten, aus uns kommt, gemäß unseren Erfahrungen."

„Ist es denn so, dass ich selbst die Welt um mich erschaffe, nach meinen eigenen Vorstellungen?", fragte ich. „Verstehe ich richtig, dass die Menschen sich nicht für eine Sache aus Überzeugung einsetzen, sondern ihre Überzeugung richtet sich danach, aus welcher Seite sie die Sache erleben, also die Erfahrung machen?"

Nach einer kurzen Pause gab ich mir selbst die Antwort: „Bist du Autofahrer, setzt du dich gegen störende Radfahrer ein; bist du Radfahrer setzt du dich gegen die Autofahrer ein, aber weder der eine noch der andere bemüht sich um mehr Toleranz im Straßenverkehr."

„Genau das", antwortete sie. „Meinst du wirklich, dass ein anderer Mensch das Grün der Bäume so sieht wie du?", fragte sie, „oder, dass der Duft einer Rose von jedem Menschen gleich wahrgenommen wird?"

Ich wusste nicht, wie ich ihre Fragen beantworten sollte, zumal ich mir vorher keine Gedanken darüber gemacht hatte. Sofort stiegen Erinnerungsblasen in mir auf. Die eine weckte die Erinnerung an den Garten vor meinem Haus, eine andere erinnerte mich an das üppige Grün des Urwaldes, der am Stadtrand begann. Und plötzlich spürte ich in meiner Nase den Duft von frischem Brot und Kuchen, die meine Frau jedes Wochenende backte.

„Fakt ist", sagte sie, „dass man den Geschmack eines Kuchens nicht nach seinem Aussehen beurteilen kann."

Ich staunte nicht mehr über Manus Antworten auf meine unausgesprochenen Gedanken, sondern über ihre Art mir Erkenntnis zu ermöglichen. „Wer ist eigentlich dieses wunderbare und extravagante Wesen, von dem ich eigentlich nichts weiß?", dachte ich.

Manu antwortete unverzüglich. „Es gibt unzählige Welten, in denen Gottes Kinder lernen, wachsen, geprüft werden und dem Ziel entgegen fortschreiten. Es gibt höher entwickelte und minder entwickelte Welten, wenn man sie mit der Erde vergleicht. Manche Menschenseelen kehren immer wieder zur gleichen Welt zurück, andere nehmen die Herausforderung an, in einer anderen Welt zu dienen und zu lernen."

„Werde ich denn auf die Erde zurückkehren?", fragte ich etwas angespannt.

„Das kann ich dir nicht beantworten. Nicht einmal ich kann am Ende deines Aufenthaltes in Esperanza deinen Fortschritt voraussehen", sagte sie, „du allein bist der Gestalter deiner Zukunft, du entscheidest über dein Leben, du selbst stellst die Weichen für deine weitere Reise."

„Entschuldige meine Neugier. Ich wollte dich nicht in Verlegenheit bringen."

„Nichts sollte ungeklärt bleiben. Auch nicht deine Überlegungen über meine Herkunft und mein Leben, so auch nicht über deine Zukunft. Unaufgeklärtes verunsichert einen schon verunsicherten Geist wie du, noch mehr."

Fortschrittsverweigerer

Vor sehr langer Zeit, als das Universum noch wenige Welten offenbarte, lebte ich ein materielles Leben in einer, der heutigen Erde sehr ähnlichen Welt. Sie war sehr ähnlich in ihrer physischen Beschaffenheit, doch ihre Bewohner befanden sich auf einer höheren Entwicklungsstufe. Mein aktuelles Aussehen habe ich aus jenem Leben beibehalten. Obwohl es sich um eine materielle Welt handelte, war sie um einiges feinstofflicher oder durchscheinender als die Erde.

Die damaligen Bewohner hatten eine ganze Reihe Merkmale der heutigen Menschen. Sie ernährten sich hauptsächlich von Obst und Gemüse. Tiere waren gleichwertige Wesen, die geehrt wurden wie Familienmitglieder. Die damalige Fauna und Flora ist mit der auf der Erde nicht vergleichbar. Äußerlich waren die Bewohner groß und schlank. Die Geschlechter konnten nicht unterschieden werden. Differenzierende Merkmale zwischen weiblich und männlich kamen nur innerlich vor. Jeder konnte seine Talente und Begabungen ausleben und eine wunderschöne Welt gestalten, in der sich die gesamte Bevölkerung wohlfühlte. Ich korrigiere mich: fast alle haben sich für das gemeinsame Wohl eingesetzt.

Es gab dort die Fortschrittsverweigerer, wie in Esperanza auch. Sie meinten, das Höchste ihrer Entwicklung erreicht zu haben. Für sie war die Welt, in der sie lebten, ihr Wissen und der Stand ihrer Gefühle vollkommen. Sie meinten, sie hätten die höchste Liebe, die höchste Intelligenz, den höchsten erreichbaren Fortschritt erlangt. Alle anderen, die Höheres anstrebten und ihre Tugenden verfeinern wollten, empfanden sie als unbequem. So begannen die Konflikte.

Doch auch diese sehr spirituellen Menschen konnten ihre leitende Geistbruderschaft plötzlich nicht mehr wahrnehmen. Sie schlossen daraus, dass sie ihnen gleichgestellt worden wären. Bedauerlicherweise erkannten sie nicht, dass sie sich durch ihre Fortschrittsverweigerung von der feinstofflichen Schwingung ihrer geistigen Helfer entfernt hatten. Der Kampf gegen die Meinungsverschiedenheit und Glaubensfreiheit nahm seinen Lauf. Unterdrückung, Verfolgung und gar Vernichtung war das Ergebnis.

Zunächst stagnierte diese hoch entwickelte Welt in ihrem selbsterwirkten Chaos, danach begann die Rückbildung.

Ich gehörte zu denen, die wachsen wollten und alles daran setzten, die Bevölkerung davon zu überzeugen ebenfalls diesen Weg zu gehen. Viele schlossen sich uns an. Meine ganze Energie habe ich eingesetzt, die Menschen von der Gnade Gottes, von der Herrlichkeit seiner Liebe zu unterrichten – solange bis die Energie nicht mehr für den Erhalt meines Körpers ausreichte. Ich gab mehr als ich fähig war zu erhalten. So musste auch ich die damalige Welt verlassen.

Als ich mich auf der geistigen Ebene wahrnahm, war ich frei und glücklich. Doch zu sehen, wie meine so geliebte Welt in die fortwährende Rückbildung verfiel, forderte meine ganze Aufmerksamkeit. Ich wollte und konnte nicht akzeptieren, nichts dagegen bewirken zu können, um ihren Rückgang aufzuhalten. Diese Welt zu retten, wurde zum Inhalt meines Lebens. Immer wieder traf ich auf den Widerstand meiner begleitenden Geistbruderschaft, die mir das Gesetz des freien Willens unentwegt wiederholten. Sie erklärten mir, dass der Weg, den die dortigen Bewohner eingeschlagen hatten, nicht verändert werden könnte, außer durch die Bewohner selbst. Auf diesem Planeten, so wie heute auf der Erde, waren nicht alle Menschen der Macht des Egozentrismus[3] verfallen und von der angeblich erreich-

---

[3] *Egozentrismus: Sich selbst im Mittelpunkt zu sehen. Übertriebene Selbstbezogenheit, Neigung andere Menschen und Dinge beständig an sich selbst zu messen.*

224

ten Vollkommenheit überzeugt. Also, auch der freie Wille der Menschen, die sich dagegen stellten, musste beachtet, respektiert und unterstützt werden.

Lange mussten wir aus der geistigen Ebene und die ganze Geistbruderschaft ansehen, wie jene Welt sich verdichtete. Die darauf lebenden Arten gerieten in Disharmonie. Der dort lebende Mensch stellte sich auf dem Podest der Dominanz. Fauna und Flora verloren seinen Respekt. Sie wurden zum Werkzeug seiner Macht – missachtet und ausgebeutet. Die Rückentwicklung war rasant. Das, was sich über Jahrmillionen geformt und entwickelt hatte, verschwand zusehends. Bewusste und fortschrittliche Menschenseelen konnten dort nicht mehr eingeboren werden. Der Ort bot nur Platz für Menschenseelen, die sich in der verdichteten Materie wohlfühlten. Der Rückbildungsprozess war unaufhaltsam.

Es stellte sich die Frage, was aus der Menschheit jener Welt werden sollte? Wie sollten wir vorgehen? Wir hatten nur zwei Möglichkeiten: entweder die *bewussten Unvollkommenen* massenhaft zu uns in die geistige Welt hinein zu holen und den Planeten seinem eigenen Schicksal überlassen oder die kleinere Anzahl der *machtvollen Egozentrischen* zu uns bringen, damit sie hier den Unsinn ihres Handelns erkennen und an ihrem Wachstum arbeiten konnten. Wir entschieden uns für die Egozentrischen.

225

Mit vereinten Kräften und viel Hilfe aus höheren Ebenen erschufen wir einen Lern- und Erholungsort für diese Gruppe. Wir befürchteten, in einer existierenden Stadt – wie Esperanza – würden sie längere Zeit brauchen, um ihre Unvollkommenheit zu erkennen. Zwangsläufig würden sie weiter ihre Macht ausüben wollen und für Unruhe unter den dort lebenden Menschenseelen sorgen.

Nach und nach holten wir sie zu uns, bis nur diejenigen blieben, die sich für den Fortschritt und für die Weiterentwicklung einsetzten.

Manu unterbrach ihre Schilderung. Ich konnte ihr ansehen, wie sehr ihre Geschichte nach so vielen Jahrtausenden – oder sollten es Jahrmillionen sein – sie bewegte. Wie wahr, dass in unserer Seele alles Erlebte gespeichert wird. Diese Seele, die Hülle unseres Geistes ist die eigentliche Festplatte, die nie gelöscht werden kann. Jedes bedeutungsvolle Erlebnis für unser Wachstum wird daran oder darauf abgelegt. Mit der Zeit verblassen die Erinnerungen wie die Schrift auf einem alten Thermofax aus meiner Zeit auf der Erde. Doch sie hinterlassen Spuren. Die verarbeiteten Erinnerungen verblassen, und das daran verknüpfte Gefühl belastet uns nicht mehr. Im Gegenteil, sie bleiben als Meilensteine unseres Wachstums vorhanden, die uns erkennen lassen, wie weit wir gewandert sind. Darin liegt die Gnade Gottes – in unserer Fähigkeit das Üble, das eigentlich nur verdichtetes Gute ist, ins vollkommene Gutes zu umwandeln.

226

Wie ist es wohl den Menschenseelen ergangen, die herausgeholt worden waren?

Diese Menschenseelen zeigten großen Widerstand. Jegliche von uns angestrebte Unternehmung, um ihnen den Stand ihres Bewusstseins zu erläutern, scheiterte. Sie waren lernresistent. Sie wollten sich für weiteren Fortschritt und Wachstum nicht öffnen. Sie meinten die Vollkommenheit erreicht zu haben und, dass die von uns eigens für sie erbaute Stadt das gelobte Himmelreich wäre.

Der freie Wille führte dazu, dass sie diese Stadt für sich haben und dort frei und friedlich leben sollten, bis sie selbst zu der Erkenntnis kämen, dass sie nicht den Höhepunkt göttlicher Schöpfung erreicht hatten. Doch es war ihnen nicht genug, in Frieden zu leben. Sie wollten andere Menschen überzeugen, dass sie im Garten Eden lebten, weil sie die höchste Weisheit erlangt hatten. Viele verkörperte Menschen, die nicht sonderlich gefestigt waren im Vertrauen zu sich selbst und zur göttlichen Kraft wurden von ihnen beeinflusst. Sie nutzten ihre Macht, prägten sie. „Wir haben das Himmelreich erreicht. Wir sind große Meister und werden euch mit unserem Wissen und unserer Erkenntnis begleiten", sagten sie zu ihren, in der Materie lebenden Schützlingen und verbreiteten Halbwahrheiten, gemäß ihrer eingeschränkten Weisheit und Erkenntnis.

Viele der auf jenem Planeten lebenden *bewuss-ten Unvollkommenen*, die den Fortschritt und geistige Entwicklung anstrebten, begannen zu zweifeln. Sie sahen plötzlich nur das Negative in ihrer Welt und nicht das sich entwickelnde Positive. Sie verloren das Vertrauen in ihre himmlischen Helfer und dadurch auch ihre Leichtigkeit.

Einfachheit und Glückseligkeit wurden durch Schmerz und Leid überdeckt. Negative Informationen und Ereignissen verbreiteten sich wesentlich rascher als die positiven guten.

Aus den damaligen Ereignissen entstand das Bild von der Verführung, das von der christlichen Lehre übernommen wurde – das Bild von *der Schlange im Paradies*, welches seit dem, angepasst an die jeweilige Welt, als Warnung gegeben wird.

Unser Vorhaben ist am freien Willen unserer egozentrischen Bruderschaft gescheitert. So beschlossen wir, das *Paradies* aufzulösen. Ihre Bewohner wurden erneut in eine materielle Welt wiedergeboren. In eine Welt, in die sie lernen und für den gemeinsamen Fortschritt beitragen konnten. Nach und nach inkarnierten sie auf einen primitiven Planeten. Seine Bewohner standen am Anfang ihrer geistigen Entwicklung und brauchten dringend einen Wachstumsschub.

228

Transformation und Vergeistigung

Unser Universum befindet sich in einem ständigen Kreislauf von Geburt und Tod, wobei der Tod nur die Auflösung der Materie bedeutet. Es wäre angebracht dieses Wort gänzlich durch Vergeistigung oder Transformation zu ersetzen. Der Baumstamm, der sich im Walde auflöst, setzt Energie frei, sozusagen vergeistigt er sich und bringt neues Leben hervor. Der menschliche Körper, der sich auflöst, gibt seinen Geist frei, aus dem neues Leben entsteht.

Die vollkommene Vergeistigung ist das Ziel, nicht nur die des Menschen, sondern der Welten und allen Existierenden. Alles was existiert, existiert ewig, nur in einer anderen Form. Die neuen veränderten Formen und Aspekte lassen Neues entstehen. So dehnt sich das Universum an gewissen Stellen aus und an anderen schrumpft es oder zieht sich zusammen.

Solange der Mensch das Ziel seiner Wesenheit – d.h. seine individuelle Vollkommenheit, nicht erreicht hat, wird er immer wieder einen materiellen Körper annehmen.

Die Menschenseelen aus dem angeblichen *Paradies*, die sich aus ihrem freien Willen heraus nicht entwickeln wollten, bekamen die passende Umgebung, um ihr Wissen und Bewusstsein weiterzugeben, um zu helfen und zu lernen. Mit ihrem hohen Bewusstsein beseelten sie verhältnismäßig unentwickelte Körper, in einer primitiven oder nur mäßig entwickelten Welt. Sie waren in der Lage Dinge zu tun und zu entdecken, die jener neuen Welt einen beträchtlichen Fortschritt brachte.

Für sie selbst, war es eine schwere Prüfung, einen Körper zu beleben, der nicht ihrem geistigen Bewusstseinsstand entsprach. Das neue Leben in der Materie gab ihnen die Möglichkeit zu wachsen. Die latente Erinnerung an das verlorene Paradies, die verschmähte Gelegenheit zur Ausbildung ihres Bewusstseins und das ungetane Gute erfüllten sie mit einer vom Verstand unerklärbaren Reue. Sie konnten nicht anders, als sich selbstlos im Dienste des Fortschritts dieses Ortes einzusetzen.

Die Auflösung des sogenannten *Paradieses* war auch für mich eine schwere Prüfung. Ich war sowohl an seiner Schöpfung als auch an seiner Auflösung beteiligt. Das Tor blieb als Denkmal erhalten, um alle daran zu erinnern, dass das Paradies Erkenntnisvollendung und Liebesvollkommenheit ist. Ich kannte die Bedürfnisse und die Einstellung meiner damaligen Geistbruderschaft, vor allem, kannte ich ihr Potential. Freiwillig und aus Liebe stellte ich mich ihnen zur Verfügung. So wählte ich, am Rande der neuen Welt zu bleiben, um sie zu leiten wie ein Schutzengel.

Himmlisches Organigramm

In meinem Kopf spielten sich die Bilder aus Manus Erzählung wie ein Film in Zeitraffer, beschleunigt ab. Sie lächelte verlegen, wenn sie mich ab und an anschaute. Eigentlich erzählte sie diese Geschichte sich selbst. Ich war nur ein Komparse, dessen Anwesenheit die Erinnerungen lebendiger machte. Ich wusste nicht genau, was ich sagen sollte – meine Anteilnahme kundtun oder besser mit den vielen Fragen beginnen, die während der Erzählung aufkamen. Ich entschied mich für das Letztere.

„Wie bist du nach Esperanza gekommen? Wo bist du eigentlich Zuhause?", fragte ich schließlich.

„Ich liebe Esperanza weil ich in vielen Bereichen aktiv sein kann. Mein Wirkungskreis beschränkt sich nicht nur auf die Betreuung meiner Schützlinge", sagte sie.

„Das überrascht mich, denn ich dachte, deine Arbeit würde sich hauptsächlich auf die Kommunikationszentrale konzentrieren."

„Das stimmt. Allerdings nicht nur, um die Kunst der Übertragung zu vermitteln. Allein in deinem Fall beteiligte ich mich an der Suche eines passenden Empfängers für deine Erzählungen. Als wir deine Nichte Anne in unser Vorhaben eingeweiht hatten, wurde ich – aber nicht ich allein – in ihre Begleitung einbezogen. Unsere Verantwortung lag und liegt darin, auf ihre Fragen annehmbare Antworten zu geben.

Die Vorbereitungszeit ist für alle Beteiligten sehr intensiv. Für den Schützling auf der Erde, bedeutet es viel Innenbetrachtung, um das Geheimnis seiner Medialität zu ergründen, um sich letztendlich dafür oder dagegen zu entscheiden. Darüber hinaus benötigt der Empfänger sowohl für die Arbeit mit der geistigen Welt als auch für seine eigene Entfaltung unsere Unterstützung. In diesem aktuellen Fall – mit dir und deiner Nichte, hatte ich die Aufgabe, ihr die Fragen aus meinem Themenbereich so verständlich wie möglich zu beantworten.

Die Arbeit am Rande der materiellen Welt ist mir sehr wichtig. Sie ist ein Herzenswunsch und dafür verzichte ich gerne und freiwillig auf ein Leben in einer höheren Sphäre. Das habe ich von meinem Mentor ..."

„Wie? Auch du hast einen Mentor?", unterbracht ich erstaunt.

„Ja sicher", sagte sie. „Denkst du, dass ich schon meine höchste Entwicklung erreicht habe?"

„Ja...nein...aber..." Ihr spürbares Entsetzen nahm mir die Sprache. Manu war Manu, so wie ich sie wahrnahm. Woher sie kam und wohin sie ging, war mir bis zu diesem Zeitpunkt unwichtig. Sie war einfach die flatternde, einzigartige, große und schöne Manu, die ich liebte.

„Nun, wie alle Lehrer und Begleiter, sogar die Verwalter von Esperanza, habe auch ich einen Mentor, der nicht nur für mich da ist. Er begleitet viele Geistbrüder, die im Universum unterwegs sind. Vielleicht kannst du dir ein himmlisches Organigramm[4] vorstellen. An oberste Stelle ist Gott oder das ewige Licht oder die allumfassende Kraft, die alles entstehen lässt. Diese göttliche Kraft weitete sich aus und schaffte weitere, ihr ähnliche Energien. Diese wiederrum weiteten sich auch aus und schöpften aus eigener Kraft weitere ihnen ähnliche Energien. Dieser Vorgang lief immer weiter. Eine Kettenreaktion, mit zunehmender Verdichtung bis hin zur Entstehung der Materie".

---

[4] Schema in Form eines Stammbaumes, das den Aufbau einer Organisation erkennen lässt und über Einteilung der Arbeit oder die Zuweisung bestimmter Aufgabenbereiche Auskunft gibt.

Nach Manus Erklärung musste ich die Bilder in meinem Kopf erst zusammenrücken. Es waren Puzzleteilchen, die nur in der richtigen Reihenfolge ein vollständiges Bild ergaben. Ich staunte über ihre Weisheit. Ihr Mentor muss ein wirklich weiser und lichterfüllter hoher Geist sein, dachte ich. Und ich fragte mich, warum uns die Würdenträger der verschiedenen Glaubensrichtungen diese Zusammenhänge nicht erklären?

„Weil sie die Lehre so weitergeben, wie sie sie gelernt haben. Und zusätzlich, weil sie sich nicht in der Lage fühlen, sich über die veralteten Einstellungen und neuen Erkenntnisse kritisch zu äußern", antwortete Manu, die natürlich meine unausgesprochenen Gedanken empfangen hatte.

„Ich gehöre zu Emanuels Lichtmannschaft, sowie andere zu der von Gabriel, Michael, Nathaniel und vielen anderen, die auf der Erde namentlich nicht in Erscheinung getreten sind. Das bedeutet, ich bin sehr eng mit Emanuel verbunden. Jedes dieser hohen Lichtwesen hat selbst noch nicht seine vollkommene Weisheit und Wesensvollendung erreicht. Jeder hat einen speziellen Charakter und ist einzigartig. Diese Einzigartigkeit ist das, was sie von einander unterscheidet. Durch ihre Solidarität, ihre ausströmende Liebe und ihren Dienst am Universum und seinen Bewohnern werden sie immer weiser. So schreiten sie die göttlichen Lichtstufen stetig hinauf. Viele haben sich die Aufgabe ausgesucht, der Erde und der auf ihr lebenden Geistbruderschaft in ihrer Vergeistigung beizustehen und behilflich zu sein.

Dadurch, dass die meisten Menschen die lichterfüllten Schwingungen der hohen Geistbruderschaft nicht wahrnehmen können, kommen niedrigschwingende Helfer oder Helfershelfer, zum Einsatz. Die Geistmannschaft, die einem hohen Lichtwesen angeschlossen ist, wie ich an Emanuel, hat die gleichen Eigenschaften und das gleiche Ziel. So ist Emanuels Energie ein Teil meiner Energie selbst. Diese Energie ist dann der Emanuel in mir, das Teil in mir, welches ähnlich wie Emanuel denkt und fühlt. Dadurch erkennt er wer ich bin. Wenn ich mit meinem Schützling verbunden bin, gebe ich ihm meine Energie und die von Emanuel in mir".

Ich hätte Manu schon länger unterbrochen haben sollen, wagte es aber nicht. Ich versuchte, mir ihre Erläuterungen vorzustellen und zu verinnerlichen, aber es war zu umfangreich und kompliziert.

„Es scheint nur kompliziert zu sein, weil das für dich neu ist. Deine Vorstellung von Gott und von seinem Himmelreich, von Engeln und Schutzgeistern, von Himmel und Hölle ist durcheinander geraten. Teilweise wurden deine Einsichten widerlegt. Denk an die Menschen auf der Erde. Vater und Mutter geben ihrem Kind einen Teil von ihren eigenen körperlichen Merkmalen. Das Kind trägt ein Teil seiner Eltern in sich. Wenn das Kind wiederum Kinder bekommt, werden diese genauso einen Teil der

236

Merkmale der Eltern bekommen aber auch einen Teil der Großeltern in sich tragen. So in etwa verläuft die geistige Abstammung."

Jetzt wurde mir deutlich was sie meinte. So konnte ich mir den Prozess vorstellen. Auf jeden Fall, konnte ich vieles in einem neuen Licht betrachten. Sie merkte, dass es mir zu viel wurde. Durch ihren Eifer und meine Wissenslust und Neugierde hat sie vielleicht etwas übertrieben. Doch sie wusste, dass ich mir alles gründlich überlegen würde. Sie konnte sich auf mich verlassen, wie Emanuel auf sie.

Das Haus der Wiedergeburt

Voller Lebensenergie begann ein neuer Tag am *Tor zum Paradies.* Ein Duft wie von feuchter Erde nach einem Regenschauer kitzelte meine Nase. „Das kann doch gar nicht sein", sagte ich mir und freute mich darüber. Ich erinnerte mich, dass im Amazonasgebiet, wo ich bis zu meiner Entmaterialisierung wohnte, die Luft, die vom Regenwald über die Stadt kam, genauso roch – frisch und feucht.

Nach ein paar Minuten tiefer Introspektion fühlte ich mich regeneriert. Diese Reise verlangte doch einiges von meinem noch ziemlich verdichteten Körper. Manu meisterte solche Ausflüge ohne jegliche Beeinträchtigung. Nun wusste ich warum. Seit ich sie zum ersten Mal traf, spürte ich, dass sie ein besonderes Wesen war. Doch ihre Geschichte hat mich sehr bewegt.

Wie viele höhere Lichtwesen wie Manu, in Esperanza leben, kann ich nicht sagen, denn sie fallen nicht auf. Manu ist die absolute Ausnahme. Höhere Lichtwesen haben sich vollkommen in den Dienst der Nächstenliebe gestellt. Sie leben in einem dichteren geistigen Raum, wie Esperanza, obwohl sie in höheren lichteren Welten Zuhause sein könnten. Die Bewohner von Esperanza bedienen sich ihrer Energie, wenn auch unbewusst, und fühlen sich wohl, aufgefangen, unterstützt und vor allem geliebt.

Durch Manus Schilderungen habe ich begriffen, dass der Dienst am Nächsten nicht nur im Lazarett[5] und in den Reisen zur Erde bei verheerenden Ereignissen stattfindet. Mir wurde bewusst, wie groß die Entbehrung einiger zu Gunsten anderer ist. Ich dachte, ich hätte schon viel gelernt und geleistet. Ein großer Irrtum.

Meine Gedanken wurden durch das Erscheinen der wunderbaren Manu unterbrochen. Sie kam in Begleitung des blauen Engels, der uns seit Beginn dieser Reise begleitete – mal sichtbar, mal unsichtbar. Nach herzlicher Begrüßung, bat uns der Engel ihn zu folgen.

„Wohin gehen wir?", flüsterte ich Manu zu.

„Das *Tor zum Paradies* war nur eine kurze Unterbrechung. Das eigentliche Ziel werden wir bald erreichen", sagte sie leise.

Mit einer Bewegung erzeugte der blaue Engel eine dichte Nebelwolke um uns. Weder Sicht noch

---

[5] Das Lazarett – Eine Erstehilfestation für entmaterialisierte Seelen. Siehe Esperanza Teil I

Gedanken waren möglich. Ich schwebte im Vakuum. Wie lange wir im Nebel verbrachten, konnte ich überhaupt nicht einschätzen. Als sich der Nebel auflöste, befanden wir uns vor einem gläsernen Haus mit zartem, wechselndem Licht. Es war sehr hell, jedoch nicht blendend –im Gegenteil, beruhigend.

„Dieses Haus ist die wichtigste Station für die Bewohner von Esperanza. Wer hier ankommt, hat sich ein hohes Maß an Bewusstsein und Erkenntnis erarbeitet und kehrt nicht mehr nach Esperanza zurück", erklärte der blaue Engel. „Bist du bereit dieses Haus zu betreten, mit der Gewissheit nicht mehr nach Esperanza zurückzukehren?", fragte er mich und verschwand wieder.

Ich war eine Weile sprachlos und sah Manu flehend an. „Warum hast du mich hierher gebracht? Will er mir sagen, dass ich mich von dem Ort, den ich so liebe, verabschieden muss?"

Sie sah mich nur an.

„Ich denke, dass ich hier noch eine Menge zu lernen und zu tun habe, meinst du nicht auch?", sagte ich aufgebracht und fühlte mich recht unwohl.

„Gut, dass du dies erkennst", antwortete sie. „Du hast tatsächlich noch viel zu lernen. Es geht hauptsächlich darum, dass du lernst und das Gelernte in Tat umsetzt. Wenn du das Gelernte nicht anwendest, hast du nur wertvolle Zeit vergeudet."

240

„Warum hast du mich dann hierher gebracht, wenn ich nicht bleiben soll? Vor allem, wo sind wir eigentlich? Was ist das hier für ein Haus?"

Der blaue Engel erschien wieder und sprach mich an. „Du befindest dich im *Haus der Wiedergeburt*. Hier werden die Menschenseelen aus Esperanza auf ihre nächste Reise in ein neues materielles Leben, vorbereitet. Ich sagte bereits, wer hier ankommt, hat sich sein individuelles Maß an Bewusstsein und Erkenntnis erarbeitet und kehrt nicht mehr nach Esperanza zurück. Äußerst selten empfangen wir Besucher. Hier muss absolute Ruhe und reine Liebe herrschen – so, rein, wie Liebe auf dieser Ebene sein kann." Den letzten Satz sprach der blaue Engel aus, ohne gegenwärtig zu sein.

„Du wirst nur das zu sehen bekommen", sagte Manus Stimme in meinem Kopf, „worüber du auch berichten darfst."

Ich schaute sie an und nickte. Überrascht und etwas verlegen, erkannte ich, wie kindisch ich mich verhielt. Manu stimmte mir zu und nickte.

241

Das Wunder der Geburt

Wir standen vor einer gläsernen Kugel. In der Kugel befanden sich viele engelhafte Wesen, mit kleinen Flügeln, die jeweils einen Säugling auf dem Schoß hielten. Sie saßen unbeweglich, konzentriert in ihre Aufgabe, so dass sie uns nicht bemerkten. Der blaue Engel wandte sich zu mir. „Ich werde dir einen kleinen Teil unserer Station zeigen", sagte er, „damit du einen Eindruck von unserer Arbeit bekommst. Auf der Erde, woher du kommst, Günther, wird erneut über Reinkarnation gesprochen, was uns erfreut. Doch viele Menschen tun sich schwer, daran zu glauben. Sie setzen sich mit dem Tod und mit dem Leben danach selten auseinander. Am liebsten verdrängen sie, dass das körperliche Leben nicht unendlich ist.

„Daher", fuhr der Engel fort, „befürworten wir, dass du als Augenzeuge über das, was du siehst und erlebst, berichtest. Wir haben nicht die Aufgabe der Menschheit unsere Existenz zu beweisen. Unsere

Hoffnung liegt darin, dass es den Menschen dann leichter fällt ihre Verbundenheit mit dem Universum zu akzeptieren, wenn sie diese Verbundenheit erkennen. Es würde ihnen ermöglichen, sich mit dem sichtbaren und unsichtbaren Leben auseinanderzusetzen und über den Tod ihres materiellen Körpers nachzudenken.

In der Entwicklungsspirale ist Wiederkehr unabdingbar, um neuen Schwung zum Aufstieg zu holen. Nur so kann der Geistkörper Stufe für Stufe bis zu seiner Vollkommenheit fortschreiten. Das ist unser aller Ziel."

Ich stand vor der gläsernen Kugel begeistert über das Wunder des Lebens. Es entflammte mein Geistwesen zu tiefster Dankbarkeit. Beiläufig bemerkte ich, dass die Kugel sich mit Nebel auffüllte und sich rhythmisch zusammenzog, als würde sie atmen.

„Was passiert da drin? Atmet die Kugel wirklich?", fragte ich.

Der blaue Engel machte mich auf einen mir entgangener Vorgang aufmerksam.

„Schau mal dorthin", sagte er und zeigte auf ein Engelchen mit roter Kopfbedeckung. „Gleich passiert es."

Ich konzentrierte mich auf das Engelchen mit roter Kopfbedeckung. Voller Hingabe hielt es ein kleines Wesen auf dem Schoß. Als der Nebel kam und die Kugel wieder zu atmen begann, wurden Engelchen und Kind immer heller, leuchtender, bis sie sich komplett auflösten.

„Das ist das Wunder der Geburt. Die Erde bekommt gerade einen neuen Bewohner", sagte er und bat uns den Bereich zu verlassen. Manus Anwesenheit hatte ich gänzlich vergessen. Erst als wir den uns zugewiesenen Raum direkt am Eingang betraten, nahm ich sie wieder bewusst wahr.

„Was für ein Erlebnis!", staunte ich. „Danke, dass du mich hierher gebracht hast."

„Dies ist der wichtigste Ort von Esperanza, ohne Zweifel auch der geheimnisvollste und empfindlichste. Die hier herrschenden Schwingungen müssen äußerst beständig und ausgewogen sein. Nichts darf ihn erschüttern und aus dem Gleichgewicht bringen", erklärte sie. „Das, was wir gesehen haben, ist nur ein Bruchteil von dem wahren Wunder des Lebens."

„Diese Reise übertrifft alles, was ich bis jetzt erlebt habe, auch meine beeindruckende erste Reise zur Erde, nach dem Erdbeben, in Begleitung von Doc[6]", sagte ich.

„Ich fange wieder an zu erklären und lasse dir keine Zeit Fragen zu stellen", sagte Manu. „Wir sollten uns lieber etwas ausruhen, bevor wir die Rückreise antreten. Deine Fragen kannst du mir auf dem

---

[6] Beschrieben in Teil I.

Rückweg stellen. Lass dich jetzt von den Eindrücken berieseln und entspanne dich."

Fragen hatte ich sicherlich, doch sie waren plötzlich weg, wie von einer Böe weggeblasen. Ich entschuldigte mich und ging nach draußen. Ich hatte den Eindruck, dass das ganze Gebäude sich bewegte. Es schwebte frei im Himmelsraum und *atmete*.

„Du wirst die Gelegenheit bekommen, alle deine Fragen zu stellen", sagte der blaue Engel, der plötzlich an meiner Seite erschien. „Nicht grundlos hat Manu dich zu uns geführt. Sie wird dir vieles erklären können, aber vielleicht werden einige Fragen noch unbeantwortet bleiben müssen. Wenn dir der Einblick in Gewisse Bereiche nicht gewährt wird, akzeptiere und erkenne es, als zu bewältigende Stufen deines Fortschrittes."

Der blaue Engel stellte sich direkt vor mich und hauchte mich an. Aus seinem Mund kam ein weißer, dichter Nebel, der sich um mich von Kopf bis Fuß legte und mich ein seltsames Gefühl verspüren ließ. Dann löste er sich in winzigen blinkenden Lichtlein auf, wie kleine Kristalle oder eher wie Feenstaub. Ich glänzte überall und hinterließ eine Spur glänzenden Schimmers auf dem Weg.

Wir sind mit allen Wesen der Erde verwandt

Ab und zu schaute ich zurück, ob die glitzernde Spur noch zu sehen war. Sie war! Ich bemerkte Manus verborgenes Schmunzeln.

„Lass mich doch, so etwas habe ich noch nie erlebt!"

„Macht dir keine Sorgen", sagte sie und lächelte. „Wenn wir in Esperanza ankommen, wirst du vom Feenstaub befreit sein."

Der Rückweg kam mir viel kürzer vor. Vielleicht, weil ich über das Erlebte stark nachdachte. Ich schaute Manu an und fragte mich, ob sie wusste, wie sich ein Mensch fühlt, der gerade entdeckt, dass alles, woran er glaubte, reine Spekulation war, im Grunde eine verzerrte Vision der Realität.

Die Behauptung *wir sind nicht das, was wir glauben zu sein*, hat eine viel tiefere Bedeutung, als angenommen. Ich stellte inzwischen fest, dass ich überhaupt nicht das war, was ich glaubte zu sein. Alles voran ich mich festhielt, war reine Illusion.

„Ja, es wird noch Zeit brauchen bis du völlig von den Illusionen des letzten Lebens befreit bist. Erst dann wird Wiedergeburt möglich sein", blitzte Manus Antwort zwischen den Wirrwarr meiner Gedanken auf.

Erst dann begriff ich, warum die Erde auf einer der untersten Stufen der Entwicklung steht. Die Menschen glauben zu wissen, glauben zu sein, glauben über sich und andere Macht zu haben, über sie zu herrschen und sie zu beherrschen. Doch, verglichen mit dem hochsensiblen Delfin befinden sie sich auf dem Entwicklungsstand einer Erdkröte.

Diese mächtige Kraft reiner Liebe, die wir Christen Gott nennen, welche die Welten kontinuierlich entstehen lässt und den reibungslosen Kreislauf von materiellen und geistigen Leben durch ewige und unendliche Gesetze organisiert, diese Kraft maßen wir uns an in Frage zu stellen oder zu behaupten, sie begriffen zu haben. Wie alles andere, ist auch diese Anmaßung eine Fata Morgana in der Wüste unserer unentwickelten Wahrnehmung.

Manu sagt immer wieder, dass wir uns nur so weit entwickeln können, wie die Stufe unseres Seins es erlaubt. Doch begreifen und erkennen, dass wir uns auf der Erde am Anfang unserer geistigen Entwicklung befinden, ist schon ein großer Schritt in die richtige Richtung.

247

Der Mensch empfindet sich als Krönung der Schöpfung und verdrängt, dass die Pflanzen, Tiere, Minerialien und er selbst grundsätzlich aus den gleichen Elementen bestehen, wie das ganze Universum auch. Wassersoft, Kohlenstoff und Stickstoff formen sowohl Knochen als auch Holz; sie lassen Nerven und Gehirnmasse wie auch Blätter und Früchte entstehen. Wir sind mit allen Wesen und Bewohnern der Erde verwandt.

Ich musste feststellen, dass Leben und Sterben, wenn man das Sterben als reine Transformation, als Verwandlung erkennt, auch in der geistigen Welt stattfindet. Die Geistbrüder aus Esperanza, die ein neues materielles Leben beginnen, sterben nicht. Sie gehen auf eine Reise zur Erledigung einer oder mehrere Aufgaben, um erfolgreich oder gescheitert zurückzukehren.

Für die Menschen auf der Erde ist der Tod endgültig, schrecklich und beängstigend, weil sie ihn nicht beherrschen können.

„Woher komme ich?", fragte ich Manu, mit der stillen Gewissheit, sie würde es mir nicht erklären wollen oder können.

„Diese Frage stellen sich viele Menschen, die das Leben begreifen wollen, so wie du", antwortete sie. „Wichtig ist nicht zu wissen woher du kommst, sondern wohin du willst. Eins aber kann ich dir mit Sicherheit sagen: wir alle bewegen uns in die gleiche Richtung – zur reinen Liebe. Manche schneller, manche langsamer, aber alle werden dieses Ziel errei-chen."

„Es bedrückt mich, dass ich mich von der Ein-heit, von der reinen Liebe Gottes so weit entfernt ha-be, auch wenn ich glaubte ihr immer nah gewesen zu sein."

Manu unterbrach mich. „Es gibt überhaupt keinen Grund traurig zu werden. Das Leben im ma-teriellen Körper ist eine Bereicherung. Jede erreichte Stufe ist zugleich Neubeginn auf einer anderen Stufe des Bewusstseins. Was du erreicht hast, bleibt für immer. Es gibt kein Zurück.

Niemand wird von uns verlassen. Wenn je-mand eine Lernsituation nicht erkennt, dann stellen wir ihm eine andere, mit gleichem Inhalt vor. Und dies solange, bis er sie erkennt und erfüllt. Manch-mal verschieben wir sie auf ein nächstes Leben und bieten eine neue, leichtere an. So, wie wir dich hier unterstützen und begleiten, so unterstützen und be-gleiten wir alle Menschen – alle inkarnierten Geist-brüder und Schwestern auf ihrer Reise in die Vollen-dung."

Ich war noch nicht bereit alles zu verarbeiten, was ich in den letzten Stunden oder Tagen erlebt hat-te. Manus Erklärungen, waren zu umfangreich für mein kleines, seelisches Gehirn. Hin und wieder schaltete sich meine Aufnahmefähigkeit ab. Aber ich wusste, dass alles im Gedächtnis meines Geistkör-

249

pers gespeichert war und dass ich sie portionsweise, nach meinen Möglichkeiten, abrufen konnte.

Ein heller Bereich am Himmel verriet mir, dass Esperanza nicht mehr fern war. In Kürze würde ich die Lichter der Stadt sehen können und freute mich sehr darauf.

Erkennen und verinnerlichen: die Gnade der Wiedergeburt

Nach ein paar Stunden tiefer Entspannung erwachte ich frisch und erholt. Mein Bewusstsein nutze die Gelegenheit, die wichtigsten Punkte der Reise zu filtern. Mit Abstand von den Emotionen, die mich manchmal überwältigten, konnte ich mir vieles besser anschauen und verstehen.

Erst dann wurde mir bewusst, dass die gläserne Kugel im *Haus der Wiedergeburt* aus einer Art eingedickter Flüssigkeit bestand, wie noch nicht ganz fest gewordene Gelatine.

Ich war sehr glücklich wieder in meiner Stadt zu sein und meinem Leben den gewohnten Ablauf zu schenken, was mich nicht davon abhielt, immer wieder an das Erlebte zu denken.

Auch wenn Esperanza durch eine Sonne, die wir nie sehen, erhellt wird, ist der Raum dahinter ziemlich dunkel. Der Weg zum *Haus der Wiedergeburt* war dagegen hell erleuchtet. Links und rechts konnte ich einen Abgrund erahnen. Manu und ich schwebten etwa zehn Zentimeter darüber. Unsere zarten Gewänder flatterten manchmal, obwohl keine Brise zu spüren war. Um uns herum leuchteten die Sterne, wie Glühwürmchen.

Grundsätzlich kann ich verstehen, dass viele Menschenseelen diese herrliche Stadt Esperanza nicht mehr verlassen wollen. Und doch erlebte ich immer wieder, dass viele sich für ein weiteres materielles Leben entschieden.

Ich erinnerte mich, dass der blaue Engel erklärte, dass das Geistwesen des werdenden Menschen, viele Stationen im *Haus der Wiedergeburt* durchwandert, bis er fähig ist, erneut in einer materiellen Welt wiedergeboren zu werden. Vor allem, muss er bereit sein und sich freiwillig dafür entscheiden.

Mein Leben in Esperanza verlief wie vor der Reise. Eines Tages, nach meinem Dienst in der Werkstatt, ging ich zu Manu mit einer Menge offener Fragen.

„Wie wissen wir, dass unsere Entscheidung ein neues materielles Leben zu beginnen, die richtige ist? Haben all die Menschenseelen, die wir im *Haus der Wiedergeburt* gesehen haben erkannt, dass sie einen Ausgleich schaffen müssen oder geht es um Wiedergutmachung oder Auge um Auge und Zahn um Zahn – das heißt, habe ich Unrechtes getan oder

Schlimmeres, muss ich das gleiche erleben? Worum geht es eigentlich bei der Wiedergeburt?"

Die geduldige Manu hörte sich alles an. Sie spürte meine Verzweiflung. So wie ich, kannte sie meine Defizite genau. Ich stellte mir vor, wie meine neue Inkarnation aussehen würde, wenn diese Fragen bejaht werden würden. Und das bereitete mir große Sorgen.

„Es gibt viele Aspekte, die bei einer neuen Inkarnation entscheidend sind", fing sie an zu erklären. „Der inkarnierende Geistbruder entscheidet, was für ihn das Wichtigste ist. Will er an einem Aspekt arbeiten, welcher offen blieb oder bis dann nicht gelernt oder erkannt wurde? Oder will er diesen Aspekt ruhen lassen bzw. aufschieben und sich in einer ganz neuen Erfahrung behaupten? Diese und andere Fragen sind für die Planung des neuen Lebens in der Materie ausschlaggebend. Es geht einzig und allein um das Erkennen und Verinnerlichen göttlicher Gesetze; es geht um das Bewusstsein über sich selbst, über die individuelle Rolle in diesem Universum und um die Liebe, die alles Materialisierte und Entmaterialisierte verbindet. Abhängigkeit ist nicht Liebe. Freiheit ist Liebe.

Wenn es, wie du sagst, um Auge um Auge und Zahn um Zahn ginge, würden alle in einer unendlichen Abhängigkeit stehen, ohne wahren Fortschritt. Durch die Einschränkung der Sprache, durch die unterschiedlichen Entwicklungsstufen auf der

253

Erde werden Missstände geschaffen. Die meisten Menschen lehren und predigen das, was sie von einer Lehre verstehen, was sie gehört und gelernt haben, ohne jegliche kritische Überprüfung. Andere schalten den Verstand ein, aber das Gefühl – der Verstand der Seele – aus. Sie zweifeln an ihrer eigenen Erkenntnis und halten sich lieber an der Erkenntnis anderer fest, die vielleicht durch das Ego beherrscht wird. Darum wünschen wir und bemühen uns, dass die Menschen lernen an sich zu glauben, den kontrollsüchtigen Verstand das kontrollieren zu lassen, was sinnvoll ist. Seine Funktion ist, den materiellen Körper zu erhalten und zu schützen. Der feinstoffliche und unendliche geistige Körper wird von Gefühlen gesteuert. Das Gefühl ist für die Belange der Seele entscheidend."

„Ich war der Meinung, man sollte alles analysieren, abwägen und dem Verstand die Entscheidung überlassen. Das wäre vernünftig.", sagte ich.

„Und wohin hat dich deine Vernunft geführt? Hast du dadurch ein glückliches Leben gehabt?", fragte sie.

Diese Fragen habe ich schon öfter gestellt bekommen. Sie kamen mir weder vorwurfsvoll noch tadelnd vor. Ich fragte mich, welche wichtigen Entscheidungen ich in meinem Leben traf. Traf ich sie geleitet vom Verstand oder vom Gefühl? Sicherlich siegte immer die Vernunft.

„Ja, ich entschied mich, auf meine Ängste zu hören und danach zu handeln. Angst ist auch ein Gefühl. Doch dieses Gefühl hätte ich erkennen müssen als nicht zu mir gehörend. Hätte ich es können?"

„Man kann immer etwas anderes tun, als das, was man immer tut", antwortete sie. „Schon dadurch, dass man die Wirkung und das Resultat kennt."

Über den Sinn des Lebens, das ich führte, habe ich damals nicht häufig nachgedacht. Ich führte ein nicht selbstbestimmtes Leben. Ich führte das Leben des Siebzehnjährigen, der plötzlich den Boden unter den Füssen verlor, als der Vater im Krieg vermisst wurde. Ich habe mich von stärkeren Menschen – die ich für stärker hielt, leiten lassen. Ich erlaubte, dass mein Leben durch die Macht anderer bestimmt wurde. Sie entschieden, was für mich gut war. Ich musste erkennen, dass sie nicht stärker waren als ich; sie hatten lediglich die Kontrolle, die ich abgegeben hatte, übernommen.

„Warum hatte ich nicht die Kraft, mich dagegen zu wehren? Fehlte mir der Mut?", fragte ich Manu.

„Du kennst die Antwort. Sie liegt tief in dir. Lass sie einfach stattfinden."

Ich hatte Frau und fünf Kinder, für die ich sorgen musste. Ich hatte keine eigene Identität. Ich war nicht ich, sondern der Ehemann von..., der Vater von... Ich war der Deutsche, der nur einen Kosenamen hatte. Ich arbeitete in der Fabrik, baute Häuser, reparierte und restaurierte alte Möbel, weil jemand sagte, es wäre gut für mich dies zu tun. Ich zog von der Großstadt aufs Land, dann in ein Dorf am Rande des Urwaldes, im Amazonasgebiet, weil jemand aus der Kirchengemeinde sagte, es wäre gut für mich. Nun frage ich mich, ob ich diese Entscheidungen auch selbst hätte treffen können. Definitiv verpasste ich den Zeitpunkt der Erkenntnis, sowie alle Hinweise meiner himmlischen Begleiter.

Allmählich begreife ich, wie wichtig es ist für sich selbst zu entscheiden oder wenigstens, eigene Entscheidungen zu treffen, ohne sich beeinflussen zu lassen. Der Rat eines Menschen gründet meist auf seine eigenen Erfahrungen und Ansichten. Es liegt an uns diesen Rat zu überprüfen, ob er sich mit unseren Zielen und Vorstellungen vereinbaren lässt.

Unser Leben ist meist durch Abhängigkeit gestaltet – aber wir meinen, es sei Liebe.

Die Reise ins Unbekannte

Auf dem Rückweg eines neuen Einsatzes auf der Erdkruste machten wir Rast in der letzten Station, nachdem wir die Hilfebedürftigen in den jeweiligen Stationen abgeliefert hatten. Dadurch, dass unser Geistkörper den Schutz eines noch ziemlich dichten Seelenkleides benötigt, spüren wir die Erschöpfung, nach einem anstrengen Tag. Ich bin noch nicht in der Lage Energie, Lebensenergie selbst zu erzeugen, wie die fortgeschrittenen Mentoren und Lehrer, die mich begleiten. Ganz besonders nach Einsätzen außerhalb Esperanza merke ich, wie meine Kräfte schwinden.

In der Station wurden wir mit Energie versorgt. Der regenerierende Schlaf für Helfer wie mich, ähnelt einer Meditation. Im Grunde ist er die Anknüpfung, die Verbindung an die ewige und Leben erzeugende Liebe Gottes.

Als die Reise nach Esperanza weitergehen sollte, sprach Doc[7] zu uns. „Liebe Gemeinschaft. Danke für die gute Zusammenarbeit. Auch wenn wir einige Unerfahrene unter uns hatten, verlief auch dieser Einsatz reibungslos. Es ist großartig zu sehen, wie die Fortgeschrittenen sich der Aufgabe stellen, die entkörperten Seelen zu überzeugen mit uns zu kommen und gleichzeitig sich um die Unerfahrenen bemühen. Das ist wahre Solidarität und Nächstenliebe."

Doc strahlte seine väterliche Ruhe und Weisheit aus, die uns alle stärkte und unser Selbstvertrauen zurück brachte.

„Amelia, Günther und Dalea begleiten mich. Alle anderen kehren mit Vera nach Esperanza zurück", sagte er und verabschiedete sich von der Gruppe.

Voller Freude und mit der Anerkennung eine gute Arbeit geleistet zu haben, warteten wir gespannt auf das, was kommen sollte. Es gab aber keine Erklärung, nur die Anweisung, Doc zu begleiten. Ohne zu wissen wohin, folgten wir ihn vertrauensvoll, aber auch neugierig gespannt.

Ein neuer Tag brach an, denn der Himmel war azurblau, mit kleinen Diamanten gespickt. Der gelbliche Streifen am Horizont bildete einen wunder-

---

[7] Beschrieben in Teil I

258

schönen Kontrast zur tief dunklen Ebene, die vor uns lag.

„Das Licht des Tages wird uns auf halber Strecke erreichen", sagte Doc, „also erst gegen Abend werden wir die erste Station außerhalb Esperanza erreichen."

Wir schwebten Seite an Seite etwa zehn Zentimeter über dem erleuchteten Weg.

„Wohin wandern wird überhaupt?", fragte Amelia.

„Wir werden eine zusätzliche Pause einlegen, denn ihr seid noch nicht vollkommen regeneriert", antwortete er. "Diese Reise wird viel Kraft von euch abverlangen, zumal wir uns immer mehr von Esperanza entfernen werden."

Neugierig aber gelassen, weil wir uns vollkommen auf Doc verlassen konnten, wunderte uns das Geheimnis um das Reiseziel trotzdem.

„Hier draußen ist die Energie weniger rein und daher, nicht so ergiebig. Wir nehmen reine und unreine Energie auf, im Gegensatz zu der feinen, durch viel Liebe angereicherte Energie im Bereich der Städte und der Hilfestationen. Versucht deshalb eure Kräfte zu schonen, bis wir den Rastplatz erreichen."

Doc schwebte ein paar Schritte voraus. Es war zunehmend mühsamer vorwärts zu kommen. Wir hielten uns an den Händen, schauten uns ab und zu

259

an, um zu überprüfen, ob alles gut war, sagten aber kein Wort, nicht einmal gedanklich.

Dadurch, dass mein Seelenkleid durch den Fortschritt feiner wurde, merkte ich von Einsatz zu Einsatz auf der Erdoberfläche, wie der Rückweg nach Esperanza beschwerlicher wurde. Diese Reise führte uns nicht zur Erdoberfläche. Darüber waren wir uns sicher. Inzwischen schwebte Doc weit voraus.

Als der Tag in voller Pracht über und unter uns anbrach, kamen wir an ein Häuschen, wie eine Duschkabine, mit durchsichtigen Wänden aus einer eigenartigen Gelatine. Doc saß darin auf einem Hocker und ließ sich von unzähligen Kügelchen wie kleine Seifenblasen berieseln. Wir standen draußen und beobachteten, wie er mit offenen Armen und dem Gesicht nach oben gerichtet, die Dusche der Kügelchen genoss. Nach einer Weile standen die Bläschen starr in der Luft und begannen in verschiedenen Farben zu leuchten. Als sein Körper vollständig im farbigen Licht stand, bewegten sie sich wieder und platzten, sobald sie seinen Körper berührten. Wir standen wie angeklebt an die Wände des Häuschens und waren begeistert.

„Nun wisst ihr, wie es geht", sagte er, als er die Kabine verließ. „Wer möchte der Nächste sein?".

Als ich in der Kabine saß und von den Bläschen berieselt wurde, dachte ich an die Wunder, die uns Menschen auf allen Ebenen täglich begegnen.

Das Wunder des Lebens und der Solidarität. Das Wunder der Geburt eines Menschen und das seines ersten Lächelns. Das Wunder eines Küsschens auf einer verletzten Stelle oder eines Gute-Nacht-Kusses. Und über das Wunder des Sterbens und Erwachens in der ewigen Liebe Gottes. Sie sind wie das Wunder dieser Bläschen, aus Licht und Liebe, die mich mit Kraft, Zuversicht und Vertrauen erfüllen. Wie einfach! Wie wirksam! Ich denke an das Wunder einer Berührung, einer Umarmung oder das vom Zuhören. Dadurch ist unser Dienst auf der Erde so erfolgreich. Menschen wollen wahrgenommen, getröstet und geliebt werden, in jede Phase ihres Daseins.

Meine Gedanken wurden durch ein Schaudern unterbrochen. Mein Körper bibberte. Ich stellte fest, dass die Lichtdusche vorbei war und mich in die Realität zurück versetzte. Diese brachte mich zu Amelia und Dalea zurück, die ungeduldig darauf warteten, dass ich die Kabine verließ. Ich verspürte eine errötende Wärme auf meinen Wangen, bei dem Gedanken, dass ich gerne noch länger sitzen geblieben wäre. Vielleicht hatte ich Glück und dieser Gedanke drang nicht nach außen. Dieser Hauch von Egoismus zeigte mir, wie sehr ich noch menschlich war. Ein Mensch auf der geistigen Seite des Lebens, aber ein Mensch, der nur einen winzigen Teil seiner materiellen Hülle abgebaut hatte.

Beim Verlassen der Kabine dachte ich, so fortgeschritten zu sein, um zu erkennen, dass noch Vieles zu verarbeiten in mir lag. Doch mein Antrieb war immer, die Vollkommenheit erreichen zu wollen, die mir auf meiner Entwicklungsstufe, möglich war.

Als alle regeneriert und ausreichend mit Energie versorgt waren, um unversehrt ans Ziel anzukommen, ging der Marsch weiter. Apropos Ziel, wir wussten immer noch nicht, wohin diese Reise führte.

„Es ist eine Überraschung", sagte Doc. Wir hielten unsere Neugierde, so gut wie möglich zurück und konzentrierten uns auf den Weg selbst.

Noch ziemlich weit von uns entfernt, sahen wir das Leuchten einer Stadt. Wir waren froh anzukommen. Unsere noch dichte Geisthülle konnte nicht so viel Kraft aufnehmen wie nötig und schwächelte.

Die Begrüßung war freundlich und liebevoll. „Kommt rein", sagte die Geistschwester. Sie trug ein für uns außergewöhnliches Gewand. Es erinnerte mich an einen Kimono, obwohl leicht und fast durchsichtig, in strahlenden, aber sanften Farben. „Bleibt so lange ihr könnt. Es ist eine Freude euch hier zu empfangen", sagte sie und verneigte sich vor uns. „Ich führe euch zu eurer Unterkunft."

Die Stadt war sehr schön und doch anders, als Esperanza. Bäume und Blumen waren in Parks angelegt und strahlten in Farben des Regenbogens. Die Luft war klar und rein, durch gute Gedanken und Liebe aufbereitet. Nach einem Spaziergang bemerkte ich, dass Amelia und Dalea mich ansahen, mit ungewöhnlich stahlenden Augen und einem verschmitztes Lächeln.

„Wisst ihr inzwischen mehr als ich?", fragte ich irritiert.

„Kommt mit", sagte Doc. „Nun zeige ich euch warum wir hier sind", und drängte uns in ein Gebäude. Ein langer Gang mit Türen links und rechts.

„So etwas kenne ich doch", sagte ich. „Es erinnerte mich an das Lazarett, wo ich vor geraumer Zeit tätig war."

„Ja, du hast vollkommen Recht. Es ist eine Rehabilitationsanlage. Kannst du dir vorstellen, warum wir hier sind?"

Ich wagte nicht zu denken, was ich ahnte.

„Doch", ermutigte mich Doc, „es ist wahr. Die Zeit ist gekommen und deshalb sind wir hier, als Unterstützung für die Rückreise nach Esperanza."

Meine Tränen liefen ungebändigt.

„Sie hat sich prächtig von den körperlichen Eindrücken und Leiden, die an ihrer Seele behaftet waren, erholt.

Dankbar küsste ich die Hände meiner Begleiter.

„Geh hinein", sagte er. „Deine Tochter erwartet dich".

Langsam öffnete ich die Tür. Da stand sie, strahlend, wie nie zuvor, meine geliebte Tochter[8]. Ihr

---

[8] Siehe Teil I

Wunsch aus dem asiatischen Raum nach Esperanza und somit in meiner Nähe zu übersiedeln, erfüllte sich im diesem Augenblick. Unsere Herzen füllten sich mit dankbarer Demut und mit der Freude vollendeter Arbeit.

Epilog

Menschen haben Erwartungen, Sehnsüchte und Zweifel. Hier in Esperanza habe ich nicht den Eindruck, dass einer meiner Geistbrüder – Lehrer, Begleiter oder Bewohner, etwas von mir erwartet.

Ob ich Sehnsüchte habe? Ja, ich sehne mich immer noch nach einem Leben in völliger Ausgeglichenheit. Zweifel? Die habe ich, und arbeite hart, um sie in Vertrauen umzuwandeln. Jeder von uns, egal auf welcher Ebene, trägt den Samen der vollkommenen Ausgeglichenheit in sich. Es ist die Prägung der Kinder Gottes, die uns diesen Ort, dieses Leben in absoluter Harmonie erahnen lässt, um uns zu erinnern, dass wir ein einziges Ziel haben: die Vollendung unseres individuellen Wesens und die vollkomme Liebe zu erreichen.

Ich begriff, dass alles, was wir kennen, wissen und noch entdecken werden, eins ist. Alles ist aus den gleichen Elementen geformt, willkürlich oder unwillkürlich, je nachdem, in welcher Welt es sich befindet.

Auf der Erde müssen wir noch lernen mit dem Geschenk der Willensfreiheit umzugehen, die Konsequenzen unseres Handelns anzunehmen und uns solidarisch für das Beste für alle Beteiligten zu entscheiden.

Autoren Biografie

Annegret Bodemer ist Mal- und Schreibmedium. Als Tochter deutscher Auswanderer verbrachte sie ihre Kindheit und Jugend in São Paulo, Brasilien. Seit 1992 lebt in Deutschland, in der Nähe von Köln. Im Jahr 2001 stellte sie erstmalig ihr geistiges Malen auf der Messe „Natur und Gesundheitstage" in Bad Godesberg unter dem Motto „Seelen-Portraits" und „Welche Farben hat Ihre Seele?" vor. Auf Wunsch malte sie vor Ort die Aura und den persönlichen Engel der Messebesucher. Ihre Engelbilder und Seelenportraits wurden in Düren, Jülich, Bad Honnef, Köln, Dormagen, Hanau und Offenbach ausgestellt. Vom geistigen Malen bis zum geistigen Schreiben „war ein langer und nicht nur sanfter Weg", sagt sie. Hunderte Engelbotschaften und Kundgebungen über geistigen und irdischen Themen wurden ihr inzwischen aus der höheren Lichtsphäre diktiert. Als spirituelle Lebensberaterin leitet sie seit mehreren Jahren Gruppen und begleitet Menschen, die sich mit dem Sinn des Lebens, mit Emotionen und Gefühle, mit der individuellen Freiheit, mit der Wiedergeburt und dem Tod auseinandersetzen. Sie kann sich auf die geistige Welt genauso einlassen und sie wahrnehmen, wie die materielle und sieht sich in der Pflicht, das Wissen, welches sie aus der göttlichen Heimat bekommt, weiterzugeben.

Annegret Bodemer gehört weder einer speziellen Religion noch Tradition an.